KB160385

제 정신으로
살다
가고 싶다

제정신으로 살다 가고 싶다

성낙영 지음

이담북스

머리말

　어머니가 치매에 걸렸음에도 직접 모시지 못하고 그저 찾아 뵙기만 하고 있었다. 그런데 그나마 그렇게 하는 것조차 코로나 바이러스 감염의 확산으로 만나지도 못하던 어느 겨울날, 매일 드리는 전화였건만 그날따라 어머니께 무슨 일이 일어났는지 확인하려고만 했던 것 같아 마음이 영 무거웠다.

　그때 한 지인이 어머니가 요양원에 계신 것으로 알고 어머니 연세를 물었다. "89세." 그러자 그는 어머니가 장수하신 편이라며 뭔가를 더 말하려는 듯했다. 그는 아마 어머니가 중증환자라고 생각했는가 보다. 하지만 어머니는 기억과 인지의 어려움은 있어도 거동에 문제가 없는 경증이다. 그래선지 어머니는 어머니 댁에서 홀로 사시겠다고 고집하신다.

　그 말을 들은 또 다른 지인이 말했다.

"치매 환자들을 위한 좋은 시설들도 많다던데"

치매는 유전이 될 수도 있다기에 난 치매 예방에 힘쓰며 생활해왔다. 그런데 어느 날 갑자기 치매 증상이 느껴졌다.

어머니처럼 되고 싶지 않아 우선 확인차 치매 안심 센터를 찾아 치매 검사를 받았다. 다행히 치매가 아니라는 결과는 받았지만 어쩌면 인생 후반기가 치매로 보내질지도 모른다는 생각이 들었다. 그래서 누구에게도 피해를 주지 않기 위해 과거의 취미였던 10가지 재미를 다시 찾아 즐기기 시작했다. 내 인생 제정신으로 살다 유종지미를 거두고 싶기 때문이다.

차례

2
PART

엄마랑

4
PART

그럼에도

5

PART

사회적 배려

어머니 치매

장수
시대라지만

어머니의 치매 4등급 판정은 지역 건강보험공단에 신청한 뒤 병원 신경정신과에서 판정심사를 받으면서 병원이 다시 지역 건강보험공단에 신청하여 이루어졌다.

어머니는 최근의 일들을 기억하지 못하며 계절과 날짜 등의 인지능력과 판단력이 떨어진 상태다. 하지만 거동에 문제가 있는 것이 아니기에 혼자서도 생활하실 수 있지만 감정적으로 우울함이나 분노를 나타내는 경우가 점점 늘어나는 것 같다. 특히 어머니의 분노는 휴대전화 때문에 일어난다. 어머니께 휴대전화를 하면 항상 꺼져있는데 그것은 어머니가 충전을 시키지 못하시기 때문이다. 그래서 방문 때마다 휴대전화를 찾아 충전시키려 하면 어머니는 분노와 함께 말씀하신다.

"당장 새것 살 거다. 내가 돈이 없냐? 그까짓 되지도 않는 전화길 쓰라고 하니!"

난 그 말씀에 상관하지 않고 어머니 전화기를 충전시키면서 내 전화기로 전화했다. 어머니께 어머니 전화기의 벨 소리를 들으시게 하면서 어머니가 전화기를 충전시키지 않아 그렇다는 것을 이해시켜 드리며 충전시키는 방법을 알려드린다. 그러나 그것은 어머니를 찾아뵐 때마다 항상 반복되는 일이다.

어머니의 이런 상태는 건망증으로부터 시작된 것 같은데 초창기에 예방했더라면 지금과 같은 치매로까지 급속히 진행되지는 않았을 것이라는 생각에 몹시 아쉽기만 하다.

그런데 치매 상태를 의학적으로 분류하면, 초기에는 환자의 기억력이 좀 떨어져 보인다고 한다. 그리고 중기에는 주변 사람들이 보기에도 환자의 기억에 문제가 있다고 느낄 정도가 된다지만 환자가 주변의 도움 없이도 지낼 수는 있다고 한다. 그러나 치매 말기에는 인지기능이 현저히 저하되어 혼자서는 생활할 수 없는 상태가 된다고 한다.

치매 상태란 일반적으로 이처럼 사람의 정신 능력이 저하되어가면서 결국 사회적 활동을 할 수 없을 때까지를 말한다. 그렇지만 조금이라도 이전의 일을 기억하지 못한다거나 없었던 일을 자꾸 말하기 시작한다면 이미 대인관계에 어려움이 발생한 것이므로 원만한 사회생활을 할 수 없을 것이다.

그러므로 치매의 의학적 판정이란 환자에게 복지혜택을 마련해주기 위해 정부 차원에서 분류한 것이지 환자의 사회생활에 대한 차이를 두려고 한 것은 아닐 것이다.

그래서 나이가 든 상태에서 건망증이 생기기 시작한다면 서둘러 가족의 관심부터 받아야 한다. 그리고 정부에서도 건망증이 시작되는 국민을 위한 프로그램을 만들어 그때부터 관리체계에 들어가야 할 것으로 생각한다.

치매를 여러 종류로 구분하여 부르는데 알츠하이머병이라고 불리는 치매는 아주 가벼운 건망증으로부터 시작된다고 한다. 그후 증상이 심해지면 언어 구사력과 이해력, 읽고 쓰기 능력 등의 장애가 따른다고 한다. 그리고 불안해하거나 공격적이 될 수 있으며 집을 나와 길을 잃어버리고 거리를 방황할 수도 있다는데 나의 어머니에게 조금씩 강하게 나타나는 증상이기도 하다.

다음으로 혈관성 치매가 있는데 이는 말 그대로 뇌와 연결된 뇌혈관들이 막히거나 좁아진 것이 원인이 되거나 반복되는 뇌졸중에 의해서 뇌 안으로 흐르는 혈액의 양이 줄거나 막혀 발생하는 병이라고 한다. 이럴 경우 인지능력이나 정신 능력이 조금 나빠졌다가 괜찮아지는 등 반복되는 단계적 악화 양상을 보이면서 팔과 다리 등에 마비가 오거나 언어장애나 구동 장애 또는 시야장애 등도 나타난다고 한다.

나의 어머니도 어느 날 앞이 보이지 않는다고 하여 병원에서 MRI 검사를 받았는데 일부 뇌혈관이 막히면서 나타난 현상으로 단순 노화 과정에서 오는 것이라고 했다. 외형적으로만 볼 때 어머니의 상태는 환자라고 말할 수 없을 만큼 일반인과 비교하여 어떤 차이가 느껴지지 않는다. 하지만 앞에서 말했듯이 기억과 인지 그리고 판단에 문제가 있기 때문에 시한폭탄처럼 여겨진다.

100세를 산다는 것은 대단한 것이다. 그렇기 때문에 100세에 관한 노래를 부르며 기뻐한다. 하지만 아무리 그렇더라도 예전에 망령들었다거나 노망났다고 표현했던 치매 상태로 100세를 산다고 말하기엔 불편함이 느껴진다. 과거사를 띄엄띄엄 조각별로 기억하며 다른 사람들과 지속해서 교감도 나누지 못한 채 격리된 듯 살아간다면 100세를 산다는 의미가 그리 크지 않을 것 같다.

나를
알게 되다

"돈을 줘야지"

어머니 점포의 세입자가 나에게 전화하여 항의했다. 그의 말에 따르면 어머니가 점포에 오셔서 임대료를 내지 않는다고 주변에 나쁜 소문을 퍼트려 자신의 이미지가 깎였다고 했다. 그래서 나는 그에게 사과한 뒤 어머니께 그 내용을 말씀드렸더니 어머니가 그렇게 말씀하셨던 것이다.

어머니의 인지능력과 기억력이 많이 약화되었다. 그래서 가게 주인에게 월세를 동생의 통장에 입금하게 한 뒤 동생이 관리하며 어머니에게 다시 보내드리는 방식을 취했었다. 어머니도 그런 내용을 잘 알고 계셨지만 기억이 사라졌나 보다. 어머니는 돈이 필요하면 무조건 은행에 가서 통장을 다시 발급받아 돈을 찾곤 하시는데 아마 그날은 그것도 잘 안되니까 임대한 점포에 찾아가셨던 모양이다.

그런 상황이 되면 난 어머니를 이해시키려고 잘 설명해 드리지만 어머니는 머리가 아프다며 더 이상 얘기 나누기를 원하시지 않는다.

그런 일을 겪은 것이 몇 번 있었다. 그럴 때마다 어머니 치매가 염려되지만 아울러 나의 어린 시절도 떠오른다. 나는 어렸을 때 장난이 심해 동네 어른들이 부모님께 연락하며 나를 혼내주라는 말을 많이 했었다. 그럴 때마다 부모님도 많이 놀라셨을 것이라는 생각에 숙연해진다. 그러면서 부모님께 미안한 생각이 들어 무조건 어머니를 이해한다. 그리고 노동도 지나고 나면 즐겁게 여겨지는 면도 있다는 듯 어머니로부터 일어났던 일도 지나고 나자 웃음이 나오기까지 했었다.

어머니의 치매는 그렇게 진행 중이다. 그러니 어머니가 아무리 어떻더라도 안타깝기만 하다. 그렇지만 그런 안타까움도 가족이라든지 지인들만이 그렇게 느끼는 것이지 정작 어머니 입장에서는 그것이 그렇게 심각하지 않을 뿐만 아니라 인지하시지도 못한다.

어차피 육체가 늙으면 신체적 기능이 약해지는 것처럼 정신도 늙으면 과거에 대한 기억 역시 점점 희미해질 것이다. 육체가 늙어간다면 정신도 늙어가는 것 아니겠는가?

늙는다는 것을 말할 때 육체가 늙어 기능이 저하되면 정신도 그만큼 비례하여 흐려진다는 것이 당연해야 할 것 같다.

아버지가 뇌경색으로 쓰러지셨을 때 이미 몸은 기능이 제대로 되지 않았지만 정신은 멀쩡하셨기에 간병인이라든지 자식들이 대소변을 치워주는 것에 몹시 부끄러워하셨다. 그런데 치매가 발생한 뒤부터는 대소변을 치워드리는 것에 대해 부끄러워하시지 않으며 잘 응하셨다.

그래서 나이가 들면서 육체적 기능이 저하되는 만큼 정신도 흐리멍덩해져야 한다고 오히려 주장하고 싶다.

유아기에 남들 앞에서 부모님이 옷을 벗기며 씻어주었어도 창피하지 않았던 것은 수치를 몰랐기 때문이었다. 그때처럼 나이가 들어가면서도 기억과 판단이 점점 약해져야 유아기에 남들 앞에서 옷이 벗겨지는 것을 아무렇지 않게 생각했던 것처럼 될 수 있다. 그러면서 다시 유아기 때처럼 다른 사람들의 도움을 받으며 생활하다 떠나는 것이다.

사람은 서로 도움을 주고받으며 살아가는 동물이라는 말이 여기에 적용된다. 그러니까 나이 들면서 망각하는 것을 자연스럽게 받아들이는 자세도 필요하다. 또한 가족들도 고령자의 정신이 오락가락 한다거나 기억을 잘못한다고 치매에 걸렸다며 야단법석을 떨거나 애석하게만 생각할 것이 아니다. 치매가 발생한 그 자체를 받아들이며 그 상태에 맞게 대하는 것이 옳다고 생각한다.

어머니가 치매에 걸려서 엉뚱한 곳에 가셨다든지 헛된 말씀을 하신다고 어머니를 걱정하며 짜증 냈었다. 그리고 또한 약을 제공할 땐 무슨 큰 병이라도 걸린 환자를 대하듯 절대적으로 강요하는 말을 덧붙이곤 했었다. 그러나 그렇게 했음에도 어머니가 달라졌다거나 개선된 것이 없었다. 그저 나의 감정만 울퉁불퉁 댔었는데 어느 날 문득 나와 어머니의 처지를 바꿔 생각할 기회가 생겼다. 그리고 나도 그렇게 된 상황을 그리며 나를 알게 되었다.

난 참으로 잘못된 행위를 했었다는 것을 깨닫고 뉘우치며 그제야 어머니의 현재에 맞추어 적응하고 있다. 하지만 어머니께서 혼자 지내기를 원하신다는 말씀만을 핑계 삼은 채 어떤 다른 방도도 마련하지 못하고 있다는 것에 나 자신이 한심스럽게 여겨진다.

어머니께서 어떤 불행한 일도 없이 잘 생활하시다 아버지를 만나실 수 있도록 해드려야 하는데 난 아무것도 못 하고 그저 하늘에만 빌 뿐이다.

사람은 서로 도움을 주고받으며 살아가는 고등의 사회적 동물이라고 했건만 내 어머니 한 분조차 제대로 살펴드리지 못하니 사람 노릇을 못하는 꼴이 되고 말았다.

어찌해야
하나

집에만 계시는 어머니께 바람을 쐬게 하고 지난 일을 기억하실 수 있도록 하기 위해 사촌 형수가 사는 태안을 찾았었다. 오랜만의 만남에 어머니와 형수는 서로 몹시 기뻐하며 먼저 형수가 홀로 사는 아파트를 둘러보며 사는 얘기를 나누었다. 그러다가 잠시 틈이 생기자 형수는 어머니의 상태를 모두 확인했다는 듯 나만 들을 수 있는 작은 목소리로 어머니가 괜찮은 것 같다고 말했다. 그런 다음 옛날얘기를 나누게 되었는데 그때야 형수는 나를 쳐다보며 커진 눈과 함께 안타까워하는 모습을 보여주었다.

어머니는 대화를 나누는 중에 지난날에 있었던 일들에 대해 어떤 한 가지에 대해서만 기억하시며 그 이야기만을 반복해서 말씀하시거나 되묻는 것이었다. 형수는 그때야 어머니의 치매 상태를 확인한 뒤 어머니를 아이 대하듯 자상하게 살피는 모습을 보여주었다. 그리고 우리가 떠날 때 형수는 나에게 어머니 혼자 사시게 해서는 안 될 것 같다며 안타까움을 표했다. 그래서 어머니가 집을 떠나시는 것은 물론 어떤 누구와도 함께 사시기를 원하지 않으시며 특히 어머니가 병이 있다는 것을 전혀 받아들이지 않으시기 때문에 어떤 변화를 취하기가 어렵다고 알려주었다. 우리가 어머니 댁으로 돌아가기 위해 형수 집을 나설 때 형수는 다시 만난다는 기약보다는 어머니를 잘 보살펴줄 것을 나에게 부탁하듯 말했으며 어머니께는 건강하시라며 눈시울을 붉히기도 했다.

어머니의 치매증세는 기억력이 극히 약해지는 상황이다. 최근의 일이 머리에 담기지 않는다거나 과거의 일들에 대한 기억이 점점 사라지고 있다. 그러면서 하셨던 얘기를 반복해서 하시는 등 당장 알고 있는 얘기만을 하시는데 그것조차도 방금 했다는 것을 알지 못하시는 것 같았다. 그러니 밥을 하셨는지 식사를 하셨는지를 잘 모르시기에 옆에서 보살펴드려야 하는 것이 절대로 필요할 지경이다. 그런데 어머니께서는 오직 아버지와 함께 사셨던 집에서만 사시겠다고 고집부리시며 매일 아침 벽에 걸린 아버지 사진을 향해 왜 빨리 데려가지 않느냐고 한탄만 하신다.

나와 동생들은 이런 어머니를 홀로 두실 수 없기에 부천에 있는 병원에서 치료받게 해드리기 위해 입원도 시켰었고 나의 집에서 함께 생활하려고 모셔도 왔었다. 하지만 모두 실패했다. 병원에서는 어머니가 제대로 검사도 받기 전에 완강히 거부하시자 어머니를 모셔가기를 원했었다. 그리고 나의 집에서는 집에 가시겠다며 막무가내로 나서시는 바람에 하는 수 없이 영어교습소 문을 닫은 채 어머니를 댁에 모셔다드렸었다.

그런 어머니께서 요즘은 아파트 베란다에 앉으셔서 밖을 내다보며 나를 기다리신단다. 내가 어머니 댁에 온다고 해서 도착하는 것을 보려고 그렇게 하신단다. 어머니는 나를 기다리시다 지치시면 휴대전화로 전화를 하신다. 그런데 그 전화가 나에게 직접 오는 게 아니다.

"형! 엄마한테 간다고 했어?"

동생이 나에게 전화해서 느긋하게 물었다.

"아니, 그런 약속한 적 없는데. 어머니가 또 착각하시고 기다리시는 모양이구나. 알았어, 내가 어머니께 연락할게."

이런 경우가 많다 보니 동생도 또 그랬으려니 하고 여유 있는 목소리로 나에게 전화했던 것이고 나 또한 그랬으려니 하면서 그렇게 응했던 것이었다.

어찌해야 할까?

내가 생업을 포기하고 어머니 댁이나 근처에 가서 산다면 어머니가 괜찮아지시고 나도 걱정 없이 지낼 수 있을까?

병원 체험

"멀쩡한 내가 무슨 병이 있다고 그러는 거냐!"라며 약조차 버리셨던 어머니를 병원에 입원시키기 위해 이틀 동안 어머니 집에 머물면서 설득했다. 그리하여 마침내 2019년 8월 19일 오전 9시에 예약했던 부천 소재 D 병원을 향해 평택 안중에서부터 승용차로 어머니와 함께 이동했다. 아울러 용인에서부터 출발하여 미리 도착해 있었던 남동생과 합류하여 오전 11시 30분경으로 진료를 예약했다. 그리고 12시가 가까워져서야 신경과 담당 과장의 진료를 받고 소변검사와 혈액검사, 심전도검사 그리고 가슴의 X레이 촬영 이후 다음날 12시에 CT 촬영을 하기로 약속한 뒤 4병동의 3인실에 어머니를 입원시키기로 했다.

오후 1시가 돼서야 모든 입원수속을 마칠 수 있었기에 점심 식사를 못하신 어머니를 위해 병원 지하에 위치한 매점에서 죽을 사다 드린 뒤 어머니만을 병실에 두고 병원을 떠났다. 그러면서 간호사들에게 다시 한번 어머니에 대해 부탁하려고 했더니 4병동 수속 당시에 보이지 않았었던 수간호사라는 사람이 어머니가 자신들의 지시에 따르지 않는다면 강제할 수 있다며 그에 대한 서류에 서명을 하라고 했다. 그래서 아까 다 마쳤다고 하니 서류를 뒤져보더니 그 서류는 신입 간호사의 실수로 받지 못했다면서 그 서류를 내주며 명령하듯이 서명을 요구했다. 난 그런 수간호사의 태도에 상당히 기분이 상했다. 그래서 그런 기분에서는 서명을 못하겠다고 하니까 무슨 일이 발생하면 퇴원 조치를 하겠다며 으름장을 놓았다. 나는 동생의 만류로 일단 4병동 문을 나선 뒤 엘리베이터 앞에서 엘리베이터를 기다렸다. 그런데 그 사이에 병동 내에서 그 수간호사가 우리에 대한 불만을 다른 간호사들에게 크게 말하는 소리가 다 들렸다.

어쨌든 나는 병원을 벗어나 나의 교습소를 향해 운전을 해가고 있었다. 그런데 얼마 지나지 않아 그 병동의 간호사가 전화하여 어머니가 집에 가시겠다면서 자신들을 때렸다고 했다. 그러면서 내게 빨리 돌아와 조처를 해 달라고 했다. 나는 그 당시 다시 돌아갈 수가 없었다. 학생들과의 수업시간도 되었지만 밤에 방문하기로 간호사와 약속도 했었기 때문이었다. 그러자 간호사는 동생에게 전화하겠다고 하여 그렇게 하라고 했다.

교습소에 도착하자 병원으로부터 전화가 또 왔다. 신경과 과장이었다. 나는 수간호사와 있었던 일을 얘기해주었다. 그랬더니 5시까지 와줄 수 없냐고 했다. 그래서 수업 때문에 시간을 조금 늦추자고 부탁하여 6시까지 가기로 했다. 그런데 잠시 후에 4병동 수간호사라는 사람이 또 전화를 걸어와 빨리 와서 조처를 해달라고 했다. 그래서 신경과장과 6시까지 만나기로 되어 있다고 말한 뒤 어머니를 설득하기 위해 어머니를 바꿔 달라고 했다.

어머니와 통화하면서 어머니가 화가 났던 것은 그들이 CT 촬영을 한다며 환자복으로 갈아입으라고 강요했기 때문이었다는 것을 알게 되었다. 그들은 예정에 없었던 CT 촬영을 한다며 어머니를 자극했던 것이었다. CT 촬영은 원래 다음날 12시에 하기로 하여 내가 그 시간에 참여하기로 이미 약속을 했었다.

난 그 수간호사가 나에게 불쾌하여 어머니를 퇴원시키겠다는 마음을 정하고 작전에 들어갔었던 것이라는 생각이 들었다.

그런데 내가 병원에 거의 도착했을 6시쯤, 이번엔 간호부장이라는 사람에게서 전화가 왔다. 그러면서 어머니가 간호사를 때렸다는 것에 뭔가 오해가 있었던 것 같다면서 나에게 만나자고 했다. 이게 웬 뜬금없는 소리인지 도대체 이해할 수가 없었다. 그 간호부장은 내 동생에게 전화한다는 것을 나에게 전화하여 그렇게 말했던 것이었다.

내가 병원으로 향하는 도중 내 동생이 나에게 전화를 했다. 그러면서 하는 말이, 간호사의 전화를 받고 병원으로 되돌아와서 퇴원수속을 이미 했다면서 어머니께 간호사를 때렸냐고 물어보니까, 절대로 그런 일이 없다고 하자 동생이 퇴원수속을 하면서 그것에 대하여 따졌던 것이었다.

나는 병원 입구에서 나를 기다리고 있었던 동생을 만난 뒤 동생에게 그 얘기를 듣고 가만히 있을 수가 없었다. 그래서 병원에 도착하면서 전화를 주었었던 간호부장을 만났다. 그리고 112로 신고하여 부천 원미경찰서 약대지구대 이 경장과 그의 동료가 참석한 가운데 사건을 조사했다.

그 결과 어머니는 때리지 않았다는 사실이 확인되었으며 수간호사를 비롯한 간호부장과 다른 간호사도 그것을 인정했다.

나와 전화통화를 할 때 어머니가 퇴원하시거나 돈을 많이 내고 1인실을 사용하라고 약 올리듯 권유했던 수간호사.

그런 간호사가 일하는 그런 병원도 의심스러웠다.

하지만 병원 측에서는 간호사 개인의 자질이나 인격 문제지 병원은 그렇지 않다고 말했다. 나도 그렇게 믿고 싶다. 실제로 아름다운 마음으로 일하는 의료진들도 많이 보았었으니까.

미안해요

한때 '있을 때 잘해'라는 유행가가 크게 히트했었다. 있을 때 잘 하라는 말은 마치 반대급부를 생각하게도 하며 뼈가 담긴 듯이 들리기도 하는 말이다. 하지만 사실 '있을 때 잘해'라는 말은 인간관계에 있어서 인지상정인지도 모른다. 잘해주면 옆에 있을 것이고 못 해주면 떠나는 것이 당연한 것 아니겠는가.

아버지가 세상을 떠나신 후 어머니는 집 안팎에서 아버지의 흔적을 발견하실 때마다 "있을 때 잘할 걸"이라고 말씀하시며 하염없이 눈물을 흘리셨다. 이는 마치 아버지가 살아계셨을 때 못 해드렸던 것이 후회스러워 하시는 말씀 같았다.

하지만 내가 성장하면서 지켜본바 어머니는 아버지께 어느 것도 잘못하신 것이 없다. 평생 자신을 희생하시며 살아오신 분으로서 한마디로 어머니의 존재는 없었다. 먹는 것과 입는 것 등 살아가는 모든 것에 있어서 남편과 자식들만을 위해 애쓰셨다. 그런 모습이 어떤 때는 안쓰러웠으며 또 어떤 때는 답답하게 여겨져 화가 나기도 했었고 심지어 밉기조차 했었다. 어머니는 '있을 때 잘해'라는 상호작용적 의미를 느낄 만한 것과는 전혀 상관없이 무조건 아버지께 순종하시며 아버지 곁을 지켜 오신 분이다.

그런데도 아버지가 돌아가신 이후 모든 것을 잘못해왔다며 "있을 때 잘할 걸"이라는 말과 함께 후회가 가득한 탄식을 하신다. 이젠 그런 어머니를 마주할 때마다 그저 죄스럽고 미안할 뿐이다.

장례를 마치고 각자 집으로 돌아갔다.

그런데 다음 날 아침 일찍 어머니로부터 전화가 왔다.

"왜 빨리 안 오니? 아버지 병원에 가야지, 나 지금 버스 정류장에 있는데 안 오면 나 혼자 버스 타고 갈 거야."

어머니의 치매가 급작스럽게 더 심해지셨다. 서둘러 어머니가 살고 계시는 안중으로 갔다. 혼자 계시는 어머니가 잘못 되실까 봐 두려워 내가 사는 인천으로 모셔 와 돌봐 드려야 한다는 책임감에 조바심이 나기까지 했다.

도착해보니 어머니는 아버지 옷을 다 꺼내놓으시고 "있을 때 잘할 걸" 하시면서 서글피 우셨다. 어머니를 달래드린 뒤 어머니가 꺼내놓으신 아버지 옷가지와 구두, 운동화 등을 몇 차례에 걸쳐서 아파트에 마련된 헌 옷 수거함에 가져다 넣었다.

그런 다음에 또 다시 어머니를 설득하기 시작했다.

"어머니, 인천에 제가 사는 동네 아파트를 사서 그리로 이사해요. 저희가 불안해서 일을 못하겠어요. 한 집에서 살지 않으니까 어머니가 불편하시거나 부담스러운 것도 없고 낮에는 노인들이 모여 지내는 주간 보호센터에 가서서 재미있게 지내시면 돼요. 그리고 아침저녁으로 저희가 어머니 집에 찾아가서 식사를 마련하여 함께하고 저희는 다시 저희 집으로 돌아오고 그렇게 하면 되잖아요."

그러자 어머니는 "여기 아파트 사람들이 그러는데, 자식하고 같이 살면 좋을 것 없다"라고 했다면서 그 사람들과 어울려 사는 게 좋기 때문에 그곳을 떠나기 싫다고 하셨다.

난 그 아파트 사람들을 만나서 인사드리며 아버지의 별세 소식을 전하는 것과 어머니께서 자식을 따라가실 수 있도록 지원의 말씀을 부탁하고 싶었다. 그래서 그 사람들이 낮 동안에 모여 지내신다는 아파트 건물 사이에 있는 나무 아래 평상으로 수박을 사 들고 어머니와 함께 찾아갔다.

그곳에는 10여 명 정도 되는 노부인들이 계셨었는데 우리를 보시자마자 오히려 우리를 위로해주셨다. 그러면서 어머니를 빨리 모시고 가야지 그냥 혼자 두셨다가는 큰일 날 것이라고 덧붙였다. 그들은 어머니의 언행이 몇 년 전부터 이상했다고 했다. 어머니가 길을 걷다가도 어지러워서 나무 기둥을 붙잡고 서 있는 것을 자주 보았다고 했다. 특히 아버지가 병원에 입원해 있을 동안에는 남루한 옷차림으로 휘청거리며 아버지 병원에 가신다고 했을 때 어머니가 먼저 돌아가실 것 같았다는 말씀까지 해주셨다.

그 가운데 한순옥 씨는 마치 어머니를 꾸짖는 것처럼 "자식이 모시겠다고 할 때 얼른 따라가"라고 말씀하셨다.

그러자 다른 분들이 이구동성으로 "요즘에 부모 모시겠다는 자식이 어디 흔한 줄 알아, 그러지 말고 얼른 따라가, 그리고 병도 고쳐야지, 그런 상태로 혼자서 이렇게 떨어져 살면 자식들이 불안해서 살 수 있겠어!"라고 하셨다.

그분들의 말씀을 듣는 동안 나는 살짝 어머니 얼굴을 보았다. 어머니의 묘한 표정에서 어머니의 마음을 읽을 수 있었다.

어머니는 자식들에게 부담을 주지 않으실 계획으로 동네 노부인들을 핑계로 반대의 말씀을 하셨던 것이다. 하지만 그것이 다가 아니었을 것이었다.

어머니에겐 3남 1녀의 자식들이 있지만 그 자식들이 하나같이 부모님께 제대로 못해왔었다. 그래서 어머니는 믿고 의지할 만한 자식이 없다고 판단하셨기에 그곳에서 그렇게 사시는 것이 더 낫다고 결정하셨는지도 모르는데 그것이 아마 어머니께서 고집하시는 이유일지도 모른다.

갑자기 염치없음과 양심의 가책이 느껴졌다. 그리고 '어머니가 살아계셨을 때 잘했을 걸'이라고 나중에 말하게 되지 않도록 어머니가 계실 때 잘해드려야 하는데 그럴 자신이 없어지는 것 같았다. 어머니 미안해요!

아버지에 대한
집착

영어 교습소로 출근하고 있었던 2019년 6월 5일 오후 12시 30분경에 알지 못하는 전화번호가 찍힌 전화가 왔다. 경기도 용인시의 한 파출소에서 어머니를 보호하고 있다는 내용이었는데 어머니는 결국 용인에 가셨다.

90세 연세에 뇌경색으로 쓰러져 누워계신 채 대소변도 가리지 못하고 기억마저 온전치 못하신 아버지를 '공동생활가정'에 입소시켰더니 아버지를 찾아 무작정 나서셨던 것이었다.

"저희 어머니를 보살펴주셔서 감사합니다."

난 전화를 걸어온 경찰관에게 연거푸 감사의 마음을 전하면서 어머니를 어머니가 살고 계시는 평택시 안중읍으로 가실 수 있도록 도와달라고 부탁할 수밖에 없었다. 그러면서 그 경찰관에게 어머니의 상태에 대하여 알려주었다.

87세이신 어머니는 몇 년 전부터 최근의 일을 기억하지 못하시거나 하신 얘기를 또 하시는 등 이상한 증세가 있었다. 그래서 병원에 가서 진찰을 받자고 하면 "늙으면 다 그런 거야"라며 거절하시기 일쑤였다. 그래서 아버지께 어머니를 모시고 병원에 가주시기를 부탁했으나 아버지도 역시 어머니와 비슷한 말씀만 하시며 그리 적극적이지 않으셨다.

그러던 2018년 9월에 어머니가 밖에서 돌아오시면서 거실에서 의식을 잃고 쓰러져 있는 아버지를 발견하셨다. 어머니는 즉시 내 막냇동생에게 전화로 연락을 취하자 동생이 119에 연락하여 아버지는 평택의 어느 병원 중환자실로 이송되셨다. 그리고 그곳의 중환자실에서 조금 회복되신 후 내 막냇동생에 의해 인천의 어느 병원으로 옮겨지셨다. 막냇동생은 인천 소재 건설회사에 재직 중이면서 시간을 낼 수 있었기에 아버지를 보살필 수 있었다.

그러나 과거와 달리 아버지께 집착하시는 어머니는 안중에서 부평으로 매일 시외버스와 택시를 타고 출퇴근하시다시피 하시더니 아버지를 집으로 모시겠다며 집으로 옮기셨다. 하지만 얼마 뒤 어머니 혼자서 간병을 못하시겠다고 하셔서 아버지를 안중의 병원과 주간 보호센터, 요양병원, 요양원 등에 집과 번갈아 옮겨 드렸는데 그렇게 된 이유는 어머니가 소위 이랬다저랬다 하시는 치매 증세 때문이었다.

그런 식으로 역시 아버지가 집에 모셔졌던 어느 날 어머니가 또 못하시겠다고 하셔서 어머니로부터 다시는 아버지를 집으로 모셔오지 않겠다는 소용없는 약속을 받아낸 뒤 아버지를 '공동 생활가정'으로 모셨다. 그러면서 어머니가 찾아가지 못하시도록 아버지가 동생이 거주하는 용인의 병원에 계신다고 거짓으로 알려드렸다.

그랬더니 얼마 지나자 어머니는 또 아버지를 집으로 모셔오시겠다며 용인에 가시겠다고 하시기에 병문안 일자가 정해져 있다면서 방문 일정을 미루며 어머니의 요구를 들어주지 않았다. 그랬더니 어머니께서는 6월 5일에 무작정 용인에 가셨던 것이었다.

그날 오전 6시부터 7시 20분까지 1시간 20분 동안 50번의 전화 신호가 들어와 있었다. 한 번의 신호를 울린 뒤 끊으시는 어머니의 전화에 나는 나의 어머니가 참으로 대단하신 분이라고 느끼지 않을 수 없었다.

어쨌든 나는 어머니 덕분에 경찰관이 그렇게 친절하다는 것도 처음 경험했다. 윤장원이라는 그 경찰관은 울고 계시는 나의 어머니를 파출소 내에서 잘 돌봐드리며 어머니 전화에서 내 전화번호를 확인했다. 그리고 나에게 전화하여 내 설명을 들은 뒤 나 대신 어머니를 양성터미널까지 순찰차로 모셔가서 1시 50분발 평택행 8번 버스에 승차시켜드리며 버스 기사에게 평택역에서 안중으로 가는 98번 버스를 태워드리라고 신신당부했다고 한다.

그날 밤 수업을 마치고 현충일이 되기 30분 전쯤에 제2경인 고속도로에 진입한 뒤 자정이 넘어 어머니 댁에 도착했다. 그리고 용인의 파출소에 가셨던 것을 여쭈었더니,

"내가 왜 용인에 가서 경찰관을 만나냐?"

스탠바이
유어 맨

"엄마, 아버지와 이혼하고 우리랑 살아요."

1960년대, '이혼'이란 단어가 그리 흔하게 들리지 않았던 시절이었음에도 초등학생이었던 나는 어머니에게 그런 단어를 사용하면서까지 어머니를 보호해주고 싶었다.

술을 참 좋아하셨던 아버지는 술만 마시고 귀가하셨다 하면 무슨 이유에서였는지 집안의 유리창을 부수는 것은 물론 어머니에게 폭력을 쓰면서 집안을 온통 다 뒤집어놓았다. 그리고 술이 깬 다음날 아버지는 아무 일 없었다는 듯 유리가게 아저씨를 데려와 유리를 새로 끼우게끔 하셨다.

유리 깨지는 소리는 멀리에서도 들리기 때문에 온 동네가 우리 집에서 싸운다는 것을 다 알 텐데 창피하지도 않았을까?

오히려 어린 내가 창피할 지경이었다.

'아버지는 도대체 왜 그러셨을까, 어머니가 무슨 잘못이 있었기에 그러셨나?'

그런데 묘한 것은 아버지가 그렇게 하시고 나면 어머니는 온갖 정성을 다해 아버지를 대하셨다는 것이다. 그래서 나는 어머니께 잘못한 일이 있느냐고 묻기도 했었다. 그러면서 아버지가 앞으로도 계속 그렇게 하시면 함께 살 수 없을 테니 아버지와 이혼하고 우리랑 나가서 살자고 말했었다.

아버지는 술을 마시고 그런 난리를 치고 나시면 항상 위가 아프다고 소다를 복용하시며 짜증을 내는 등 집안을 살얼음판으로 만들어 숨쉬기조차 힘들게 하셨다. 그러면 어머니는 아버지의 위장병 치료에 좋다는 익모초와 같은 민간 약재들을 구하러 다니시느라고 많이 애쓰셨다.

어머니의 그런 노력 덕분이었는지 내가 대학생이 된 이후 아버지가 위장병으로 고통 받는 것을 본 기억이 별로 없었고 술도 그리 심하게 드시지 않았던 것 같았다. 하지만 아버지는 뇌경색으로 쓰러지시기 이전까지 담배를 피우셨으며 하루도 빠짐없이 식사 때마다 소주 3잔 정도를 드셨다. 아버지가 젊어서부터 위장병으로 고생하셨다고 했는데 위장병이 감쪽같이 사라진 것은 어머니의 정성 때문이었을 것이다.

그렇게 아버지께 구박받으면서도 아버지를 위해 애쓰며 살아오신 어머니가 치매 증상이 있는 것 같다고 내가 느꼈던 것은 몇 년 전이었다. 그래서 아버지께 이를 알려드리며 어머니와 함께 병원에 좀 다녀오시라고 했더니 아버지는 어머니가 늘어서 그런 것이라며 크게 신경 쓰지 않으셨다.

그런 가운데 아버지가 뇌경색으로 병상에 누우셨다. 그러자 어머니의 아버지에 대한 일편단심은 끝이 없었다. 시간과 장소 감각이 없으면서도 오로지 아버지만을 생각하시며 병원과 요양원 등을 찾아오신 뒤 떠나지 않으셨다. 그러시더니 아버지를 어머니가 직접 집에서 돌봐야 한다며 집으로 모셔오게끔 했었다. 그러면서 항상 똑같은 말만 되풀이하셨다.

"일찍이 부모를 여의고 나같이 무식한 여자를 만났어도 나를 데리고 70년 가까이 살아오면서 너희 4남매를 가르치느라고 고생을 많이 해서 너무 불쌍하다"

어머니의 이 말씀에 나는 어머니가 아버지를 좋게 말씀하시지 못하도록 아버지의 잘못된 과거사를 꺼내곤 했었다.

"어머니, 어머니도 아시다시피 내가 중학교에 다닐 때 아버지 친구들이 아버지 애인이라며 어떤 술집 여자를 집으로 데려오기까지 했었는데 그게 올바른 일이었던가요?"

그러자 어머니는 "돈이 없으면 바람도 못 피는 거야"

당시 아버지의 수입은 퍽 좋았었나 보다. 우리 4남매가 대학을 졸업할 때까지 단 한 번도 돈 때문에 어려움을 겪어본 적이 없었다.

그러면서 어머니는 계속 말씀을 이어가셨다.

"애인 하나 없는 게 바보지, 네 아버지 친구들은 그 당시에

모두 작은 마누라를 두었었다. 그래도 네 아버지는 그런 일은
없었다."

난 어머니가 아버지를 편들거나 연민하듯 하시는 말씀에 짜증
내며 말했다.

"어머니, 그런 말씀 한 번만 더 들으면 천 번입니다. 아버지는
제 기억으로 잘 하신 것 없어요. 어머니 덕분에 그나마 사셨던
거니까 제발 그런 말씀 좀, 그만 하세요."

난 어머니가 아버지에 대해 그런 식으로 좋게 말씀하시는 것
이 정말로 싫었다.

그러던 어느 날 아버지가 돌아가셨다. 어머니는 아버지가 곁
에 계시지 않는다는 것에 커다란 외로움을 느끼시며 오직 아버
지만을 그리워하셨다. 그러면서 동시에 상황인식이 너무도 급속
하게 흐려지시는 것 같았다.

어머니가 집에 계시지 않는 동안 여동생이 아들딸과 함께 찾
아와서 어머니 통장을 찾아 들고 나가 은행에서 돈을 빼낸 것조
차도 모르셨다. 또한 그에 대한 얘기를 들었어도 들으실 때만
버럭 하셨다가 금방 까먹는 식이었다. 어머니는 아주 오래전 아
버지와의 추억을 더듬으시며 아버지가 왜 빨리 자신을 안 데려
가시냐는 말씀만 하신다.

아버지가 살아계실 때도 아버지에게 순종만 하셨던 어머니가
치매 때문인지 아버지가 돌아가시자 아버지에 대한 순애(純愛)
는 더 깊어진 것 같다. 그래서 어머니를 뵐 때마다 떠오르는 팝

송이 있다. '당신의 남자가 바르지 않은 행동이나 부당한 대우를 해도 참고 옆에 머물며 힘이 되어 주라'라는 내용이 담긴 '스탠바이 유어 맨(Stand By Your Man)'이라는 노래다. 나의 어머니는 나의 아버지와 평생을 사시면서 그렇게 하셨던 분이다.

어쨌든 아버지가 돌아가시자 나도 아버지에 대한 생각이 많이 달라졌다. 세상에 태어나 아버지라고 부르고 내가 죽는 그날까지 생각할 수 있는 분은 그래도 그분밖에 없다. 그분 덕분에 난 사회적으로 잘 자리매김 될 수 있었고 살아있는 이 순간을 보내고 있다.

이젠 어머니를 위해서라도 아버지와 했었던 좋은 추억들을 찾아내어 어머니가 즐겁고 편해질 수 있도록 아버지에 대한 좋은 애기만을 나눠야겠다.

◘ 스탠바이 유어 맨

때때로 한 남성에게 모든 사랑을 바치는
여성으로서 괴로울 때가 있습니다.
남자들은 이해할 수 없는 행동을 하지요.
그러나 당신이 그 남자를 사랑한다면 용서해 주세요.
비록 이해하기 힘들지라도,
그리고 기다리세요.
그가 잡을 두 팔을 주세요.
그리고 따뜻하게 대해 주세요.
밤이 차갑고 외로울 때,

당신의 남자 옆에 있으면서 가능한 모든 사랑을 주세요.
그리고 그이에게 사랑의 세계를 보여주세요.
가능한 모든 사랑을 주면서 그대 곁에 있어요.

좋은 것만
기억해요

어머니의 치매는 외형상으로만 볼 때 전혀 티가 나지 않는다. 또한 가정생활을 하시거나 외출하시는 경우에도 활동하시는 데 문제가 있지 않다. 그러나 어머니와 함께 대화를 나누다 보면 금방 하셨던 말씀을 기억하시지 못한다거나 묻는 것을 반복하신다는 것을 알 수 있다.

그런 어머니가 아버지와 함께 두 분만이 경기도 평택시 안중읍 소재의 어느 아파트에서 생활하시면서 생활비 사용과 은행과 관련된 일 그리고 외출 등 모든 것을 아버지에게만 의지해 오셨었다.

그러던 어느 날, 90세이셨던 아버지가 집에서 뇌경색으로 쓰러지셨다. 그리하여 아버지가 평택 어느 병원의 중환자실을 거쳐 인천의 어느 병원에 입원하셨을 때 어머니는 안중 시외버스터미널에서부터 부천 시외버스터미널까지 버스를 타고 매일 출퇴근하셨다.

그즈음 어떤 정신질환자가 노상에서 할머니를 마구 때렸다는 끔찍한 뉴스가 있었다. 그래서 어머니께 외출하시면 조심해야 한다고 말씀드렸다. 그랬더니 어머니께서도 무서운 세상이라고 탄식하시며 오히려 자식들에게 더 조심하라고 말씀하셨다. 그러면서 뭔가를 떠올리시더니 그래도 좋은 사람들이 더 많다며 얼마 전에 경험하셨던 일이라는 것을 말씀해 주셨다.

경기도 평택시 안중읍 시외버스터미널에서 부천 시외버스터미널까지 오시기 위해 버스표를 끊으시려고 하는데 돈을 어디에 넣었는지 몰라서 가방 속만 뒤지고 있었던 모양이셨다. 그러자 어머니 뒤에 서 있던 젊은 남자분이 어디 가시냐며 물은 뒤 자신의 돈으로 버스표를 끊어주었다고 하셨다.

어머니는 부천행 버스에 승차한 뒤 좌석에 앉아 주머니를 뒤져보니 그 돈이 주머니에 있었다고 하셨다. 평소에 비교적 큰 가방을 어깨에 메고 다니시는 어머니가 가방에서 미리 돈을 꺼내 주머니에 넣어두었는데 그것을 잊고 매표소 앞에서 가방 속만 계속 뒤지셨던 모양이었다.

어머니는 그 말씀을 반복하시면서 그분께 감사드린다며 나에게도 그 사람처럼 살라고 당부하셨다. 어머니께 그런 도움을 주셨던 그분께 정말로 감사의 마음을 전한다.

그런데 하늘에도 감사한 것은 어머니가 최근에 있었던 많은 일들을 잘 기억하시지는 못해도 그렇게 좋은 사람들은 잊지 않고 기억해내신다는 것이다.

앞으로 어머니께서 점점 더 많은 것을 망각할지도 모른다. 그래서 심지어 자식들조차 기억하시지 못할지도 모른다. 그렇다 해도 어머니가 그렇게 좋아하시는 아버지와 어머니께 도움을 주셨던 더 많은 사람들을 기억하시면서 세상엔 좋은 사람들이 더 많더라는 말씀만 하시며 살아가실 수 있다면 좋겠다.

어머니께 세상엔 좋은 사람이 더 많다고 경험시켜주신 그분께 다시 한번 더 감사드리며 그분도 건강하시고 하시는 일이 잘되시기를 빌어드린다.

나 좋다는
사람이 좋다

아버지께서 돌아가신 후 거의 매주 어머니를 찾아뵈었다. 그러면서 항상 어머니께서 우리와 함께 사시든지 그렇지 않으면 우리가 사는 동네로 이사 오시라고 말씀드렸다.

그러나 어머니께서 하시는 말씀은 언제나 변함없었다.

"자식과 사는 것이 당연하지만 처음부터 같이 살았으면 몰라도 따로 살다가 같이 사는 것은 어려운 일이야, 그러니 나는 아버지와 살던 이곳에서 살겠으니 그저 전화나 자주 하고 무슨 때가 되거든 오렴"

어머니는 그런 식으로 항상 거절하셨다. 그렇지만 나는 그것으로 다일 수는 없었다. 그래서 나도 어머니를 뵙고 헤어질 때마다 그 말씀을 습관처럼 드렸었는데 어느 날 어머니는 헤어질 시간을 앞두고 먼저 이런 말씀을 하셨다.

"나는 나 좋다는 사람이 좋다."

그래서 나는 엉겁결에 왜 갑자기 그런 말씀을 하시느냐고 여쭈었더니 조금은 슬픈 표정을 지으시며 답하셨다.

"아버지가 살아계셨을 때 나에게 잘해주었는데 아버지가 돌아가시고 나니 그런 사람도 없고 빨리 따라갔으면 좋겠다."

그 말씀을 듣고 어머니가 우울해지셨다고 생각하며 달래드리듯 다른 말들을 꺼내며 분위기를 바꿔보려고 했었다. 하지만 어머니의 그 말씀 속에는 진심도 담겨있었나 보다.

어머니는 그 말씀에 이어, "만일 같이 살다가 싫어지거나 잘못된다면 어떻게 하려고?"라는 말씀을 하셨다.

나를 비롯한 다른 자식들이 어머니가 혼자 사시는 것이 염려되어 자식들 곁으로 이사하시라는 말을 했지만 그것을 진심이라고 생각하시지 않는 모양이었다.

난 어머니의 그 말씀에 어떤 말도 답할 수 없었다. 그 이유는 먼저 내가 어머니께서 나를 믿으실 수 있도록 잘해온 것이 없었으며 둘째는 정말로 그런 일이 발생할 수 있을지도 모른다는 두려움이 엄습했기 때문이었다.

그 이후로 나는 어머니께 함께 살자고 하거나 내가 사는 주변으로 이사 오시라는 요청의 말씀을 드리지 않는다. 대신에 일주일에 한 번은 물론, 시간 날 때마다 더 많이 찾아뵙겠다는 계획을 세웠다.

그리고 어머니가 말씀하셨던 "나는 나 좋다는 사람이 좋다."

라는 말을 머릿속에 새기며 어머니의 관점에서 생각해 보았다. 옳으신 말씀이다. 산전수전 다 겪고 90세 가까이 살아오신 분이 무슨 이유로 잘 안 되는 관계를 억지로 엮으며 살아가셔야 할 필요가 있겠는가?

나 또한 어머니의 그 말씀을 통해 깨달음을 얻었다. 66세의 나이에 새로운 사람들을 사귄다든지 싫다는 사람들을 설득하며 살아갈 필요가 무엇이 있겠는가? 내가 하는 일이나 잘 하면서 이미 형성된 주변에 있는 사람들과 잘 어울리며 내가 나 좋다는 사람이 좋듯이 상대에게도 역시 그렇게 되도록 조심스럽게 잘 대하며 살아가는 것이 더 적절할 것 같다.

그렇지만 어머니가 말씀하신 어머니를 좋아한다는 마음이 어머니께 보이도록 진심을 다해 생활하면서 이른 시일 내에 어머니를 가까이 모실 수 있도록 할 것이다.

또한 나도 어머니와 같은 생각으로 대인관계가 그렇게 되도록 사람들을 대할 것이다.

"난 내가 좋아하는 사람보다 날 좋아해 주는 사람이 더 좋다."

변화의
두려움

선물에 대한 기쁨과 고마움을 표하지 않는 것은 물론 오히려 화를 내시며 거절하기까지 하셨던 부모님.

명절에도 그렇고 생신 때도 옷이나 신발 등 부모님의 몸에 걸치는 것이라면 모두 거절하셨다.

그러면서 하시는 말씀은 간단했다.

"죽으면 모두 버려질 텐데 그런 것을 왜 사 오니?"

아버지가 그렇게 말씀하시기 시작했던 것이 아버지가 돌아가시기 대략 10년 전부터였다. 그래서 그런 말씀을 하셨던 이후 몇 년 지났을 때 옷을 사다 드리면서 감히 이런 말씀을 드리기도 했었다.

"몇 년 전에 돌아가신다고 하셨지만 아직 안 돌아가셨잖아요?"

그때부터 아버지는 새로운 의류와 구두 등을 착용하셨기에 부모님의 생활용품이나 의류 등이 바뀌었었다. 하지만 아버지가 돌아가신 뒤 어머니는 아버지가 하셨던 것보다도 훨씬 더 심하게 거절하셨다.

"너희들 노후대책을 해야지, 나는 아버지가 남겨놓고 가셔서 먹고 사는 데 아무 걱정 없으니 나에게 돈 들이지 말거라"

어머니는 우리가 사가는 주방용품이나 침구류, 의류, 신발 같은 것들을 잘 받아들이지 않으셨으며 심지어 차려놓은 음식물도 많이 잡수시지 않았다.

그래도 어머니의 편리하고 깨끗하며 건강한 생활을 위해 어떻게든 사다 드리면서 항상 싸우는 것처럼 실랑이를 벌이곤 했었다. 그렇게 해야 그나마 어머니께 사서 갔던 것을 내려놓고 올 수 있었다. 그러나 그렇게 했다고 다가 아니었다. 다음번에 찾아뵈었다가 귀가하려고 하면 영락없이 방안 어딘가에서 꺼내온 보따리를 넘겨주시는데 그것은 바로 이전에 사다 드렸던 물건들이었다.

이런 상황은 막냇동생에게도 똑같이 일어났었던 것 같다. 하루는 어머니가 비닐봉지에 쌓인 정수기를 내오셨다.

"난 이런 거 사용하지 않아도 건강하니 가져가라"

그러나 그것은 우리가 사다 드린 것이 아니었기에 거절했더니 그것은 몇 달이 지나도 사용되지 않은 채 비닐봉지에 쌓여 작은 방의 탁자 위에 그대로 놓여있었다.

그것은 막냇동생이 사다 드렸던 것으로써 막냇동생도 우리와 똑같이 어머니와 실랑이를 벌였던 것이 틀림없다.

"내일이면 죽을지도 모르는데 그런 것 다 필요 없다"

치매가 점점 심해지면서 그렇게 하시는 고집 또한 더 세지신 것 같았다.

그런데 그러셨던 어머니의 태도가 2021년에 접어들면서 바뀌셨다.

새해 선물로 두툼한 극세사 담요를 사다 덮어드렸고 돼지갈비찜과 탕을 마련해 드렸더니 식사 도중 음식이 입에 딱 감긴다는 말씀을 하실 정도였다. 그리고 담요가 보들보들한 것이 너무 좋다며 귀가한 뒤 전화통화를 하면서도 계속 고맙다고 하셨다.

어머니께서 처음으로 그런 말씀을 해주시니 너무 좋았다. 하지만 왠지 두려웠다. 사람이 갑자기 변하면 좋지 않은 일이 생긴다는 말을 들은 적이 있기 때문이다.

그래서 생각했다. 그동안 거절하셨던 이유는 사다 드린 물건들이 마음에 들지 않아서였는데 이제야 마음에 드는 물건들을 사 와서 그런 말씀을 하셨을 것이라고.

내가
악마였다

"젊은이 고마워요"

치매에 걸린 어떤 노인이 자신을 차에 태워다준 아들을 몰라보고 그렇게 감사를 표하는 말이었다. 이는 어느 보험회사가 치매 보험을 팔기 위해 TV로 광고하는 내용인데 그렇게 감성을 자아내는 광고로 얼마나 많은 보험을 판매했는지 모르겠지만 난 그 광고에 두 가지 감정을 느꼈다.

하나는, 치매에 걸린 어머니가 있는 내 처지에서 볼 때 너무 가슴 아프다. 그리고 어머니를 떠올리며 어떤 죄의식이 있는 것 같아 마음이 편하지 않은데 아마 가족 가운데 치매 환자가 있는 어느 누구라도 그런 생각이 들지 않겠나 생각된다.

특히 그 광고 방송을 저녁 때 가족과 휴식을 취하고 있을 때 보게 되니 분위기가 우울해지고 말았는데 치매라는 병은 한번 걸리게 되면 치료할 수 없다는 것에 어떤 희망도 갖지 못하게 되니 그 광고가 심지어 좌절감마저 가져다준다.

다른 하나는, 치매엔 착한 치매가 있는 반면에 나쁜 치매도 있는데 나쁜 치매란 환자가 나쁜 성격의 증세를 나타내는 경우다. 일전에 TV 드라마 '하나뿐인 내 편'에서 치매를 앓고 있는 할머니가 치매증세를 보일 때 며느리를 힘들게 하는 식으로 묘사한 적이 있었는데 치매 환자가 그런 식으로 가족 가운데 어떤 사람을 원수로 대한다면 나머지 가족은 이를 보고 애통해할 수밖에 없다.

만일 보험회사가 판매만을 높이기 위해 광고를 제작한다면 그 모습을 보여줄 때 더 많은 소비자들이 치매를 두려워하며 치매 보험에 가입할지도 모른다. 하지만 그런 치매 환자가 있는 가족들은 그 광고를 볼 때마다 괴로워할 수 있다는 점도 고려해 주기 바란다.

그런데 나쁜 치매증세를 가진 치매 환자의 경우를 나의 어머니를 통해서 본 적이 있다. 어머니로부터 그런 증세가 나타낼 때는 어찌해야 할지 모른 채 무서워지기만 했었다.

어머니는 젊은 시절에 아버지와 평등한 관계를 갖지 못하신 채 아버지께 그저 순종만 하셨다. 하지만 속으로는 생각하신 바가 있으셨는지 우리에게는 처자식들을 잘 위해주라는 말씀을 항상 하셨다.

그러셨던 어머니에게 치매증세가 나타나면 약하게는 노처녀 히스테리 같은 면을 보이시고 심하면 며느리들이 무조건 아들들에게 순종하기만을 요구하시며 아들들도 아내들을 도와주는 것이나 자녀들과 친구처럼 지내는 것을 싫어하셨다. 이를 보면 과거 아버지와 어머니 사이의 모습이 떠올라 힘이 빠진다.

어느 날 어머니 댁에 갔었을 때 아내와 내가 장난치며 지내는 것을 보시자 어머니는 표정이 달라지셨다. 그리고 내가 어머니 집을 청소하면 어머니는 "나는 아버지가 그런 것을 하게끔 바라지 않았다"라면서 며느리를 못마땅하게 여기셨다.

그래서 나와 아내는 어머니가 오해하시지 않도록 상황을 설명하려고 했다. 그러나 어머니는 들으려 하시지 않은 채 나에게는 바보처럼 산다며 화를 내시고 아내에게는 남자에게 그런 것을 하게 했다며 욕까지 해대셨다. 그러면서 우리에게 손찌검하시며 다른 때처럼 우리의 기를 꺾어버리겠다는 의도로 "너희들이 생활비나 주었냐?"라는 말을 하셨다.

치매증세가 심하게 나타날 때는 세상에 상상도 할 수 없을 만큼 어머니는 변하신다. 눈빛이 표독스럽고 표정에 살기가 도는 것이 마치 악마와 같은 모습이다. 그것은 절대로 어머니의 평상시 모습이 아니었다. 어머니가 치매에 걸려서 그러신다는 것을 이해하고 있지만 난 이성을 잃고 말았다.

"어머니, 차라리 아버지께 가세요. 돌아가시란 말이에요!"

그리고 다시는 어머니를 찾지 않겠다고 말한 뒤 아내와 함께 어머니와 어머니 치매를 벗어나 집으로 돌아왔다.

그날 이후 내 마음은 내내 편하지 않다.

얼마 동안의 기간을 보낸 뒤 우리는 다시 어머니 댁을 찾았다. 난 어머니를 대하는 것이 쑥스럽고 어색했다. 하지만 어머니는 내가 했었던 말이나 그날 있었던 어떤 것도 기억하시지 못하는 것 같았다.

나는 집에 돌아온 뒤 산에 올라 그런 어머니께 했던 말과 행동을 생각하면서 한없이 후회하고 반성하며 한참을 울었다. 치매 걸리신 엄마에게 내가 바로 악마였다.

치매
생활 비용

질병을 앓고 있는 환자와 가족들이 겪는 가장 큰 문제는 돈이다. 돈이 있어야 의약품을 구매하거나 병원에 입원하는 등 치료받을 수 있으며 아무리 국가적인 건강보험 제도가 잘 돼 있어도 특히 건강보험에 해당하지 않는 의약품 구입이나 입원과 간병 등에 큰돈이 필요하다.

그래도 어떻게든 완치되는 병이라면 별의별 방법을 다 써서라도 돈을 마련하겠다는 마음을 가질 수 있겠지만 그렇지 않을 경우엔 치료하는 의욕마저 줄어들지도 모른다.

그런 병이 바로 치매다. 치매란 두뇌에 발생하는 질병으로써 그 질병이 올바른 두뇌활동에 지장을 준다. 그로 인해 기억하는 것부터 전신을 통제하는 것까지 정상적이지 못하기 때문에 다른 사람의 도움 없이는 정상적인 생활을 못하는 것은 물론 생명을 잃거나 심각한 문제를 야기하기까지 한다.

그런데 치매에 걸리는 이유가 아직은 명확하게 규명되지 않았고 또한 그 치료방법도 발견되지 않았기에 치매에 걸렸다면 완치를 목표로 하기보다는 다만 더 이상 나빠지지 않도록 유지하는 것을 최상으로 보고 있다. 그런 가운데 대부분의 치매는 나이 많은 사람들이 걸리다 보니 치매 환자의 가족들은 환자의 치매를 마치 노환처럼 여기며 환자가 그저 불편 없이 생활할 수 있도록 도우며 생이 다하기만을 기다리는 셈이 되고 있다.

그러므로 치매 환자가 생활할 수 있도록 돕기 위해서는 가족이 옆에서 직접 돌본다든지 큰 비용을 들여 사회적 제도에 의존할 수밖에 없다. 만일 가족이 환자와 함께 생활하며 돌보지 못한다거나 의료 또는 요양시설을 이용할 비용을 마련하지 못해 환자를 집에 그냥 둔다면 치매 환자에 대한 최소한의 인간적 삶의 기회가 상실될 수도 있다.

이런 상황을 떠올리며 경각심을 갖고 치매에 걸리신 나의 어머니에 대한 향후 생활을 살펴보았다.

그리하여 어머니의 인권에 바탕을 둔 대우를 받으실 수 있도록 가족이 함께 생활하며 보살펴드려야 한다는 것을 염두에 두고 어머니께서 돌아가실 때까지 사용하실 생활비와 약값 그리고 치매가 더 악화되어 병원에 입원했을 때까지의 모든 비용을 알아보았다.

그리고 또한 어머니와 함께 생활하며 보살펴드릴 수 없을 때 방문요양보호사가 직접 집으로 찾아와 보살펴주는 것과 노인 주간 보호센터를 이용하는 것 그리고 나중에는 요양병원이나 요양원 또는 공동생활가정에 입원 생활하는 비용 등도 생각해 보았다.

그런데 그 비용을 다른 사람들의 경험을 통해 알아보니 일반 생활비와 더불어 대략 매월 2백만 원가량이 된다고 한다.

치매 4등급인 어머니의 경우를 대략 살펴보면,

◘ 방문요양보호사 비용

3~4 등급의 경우
월 17만 원정도 (월 24회 × 하루 3시간 - 개인 부담금)

노인 주간 보호센터 월간 비용
장기요양 2등급의 경우
매월 55만 원정도(매일 8시간 이상~10시간 미만)

◘ 요양병원 비용

매월 90만 원~150만 원정도

◘ 요양원 비용

매월 70만 원~130만 원정도

◘ 공동생활가정

매월 60만 원~80만 원정도

다행히 아버지께서 집과 상가를 마련해놓으셔서 어머니께서는 이와 같은 비용을 지불하시며 생활하시는 데 평생 어려움은 없을 것 같다. 하지만 어머니께서는 수입과 지출 등에 대하여 잘 모르시거나 그런 것을 직접 관리하시지 못하기 때문에 자식들이 나서서 해야 한다.

그런 것을 볼 때 현재 어머니가 보유하고 계신 부동산이 어머니의 생활비 수입을 위해 절대적으로 필요한 원천이므로 어떤 경우라도 어머니 부동산의 매매가 있어서는 안 된다.

그 부동산을 통한 임대비용이라든지 때에 따라 주택연금 등을 통한 대출을 받아 어머니께서 돌아가실 때까지 어떤 어려움 없이 생활하실 수 있도록 살펴드려야만 한다.

그러다 보니 아버지께 정말로 큰 고마움을 느끼게 된다. 아버지의 노력으로 부모님과 우리 자식들이 경제적 어려움 없이 잘 살아왔다. 그리고 아버지의 경제에 대한 선견지명으로 어머니께서 치매에 걸리셨음에도 금전적인 면으로는 어려움 없이 생활하실 수 있으시며 자식들도 어머니를 돌봐드리기 위한 경제적 부담을 겪지 않으면서 어머니를 뵙는 것이 쉽도록 해주셨다. 아버지의 깊은 뜻을 이제야 이해하며 진심으로 감사드린다.

억울하고
허무해

"사지가 멀쩡하신 분이 아무리 인지기능이 약해졌어도 어딘들 못 다니시겠어요?"

어머니를 요양병원에 입원시켜드리기 위해 신경외과 의사를 만났을 때 그 의사가 했던 말이었다.

아버지가 용인에 계신다고 했더니 어머니는 무작정 아버지에게 가시겠다며 안중에서 시외버스를 타시고 용인에 가셨었다. 다행히 경찰의 보호 덕에 잘 귀가하셨지만 어머니를 모시고 살지 못하는 자식의 입장에서 죄책감이 들었다.

치매증세가 점점 심해지는 어머니가 홀로 사시면서 나쁜 일이 일어날까 봐 자식들이 걱정하며 불안하게만 살 수 없었기에 어머니를 요양병원에 입원시켜드리려고 했었다. 그러나 어머니의 완강한 거부로 입원은 취소되었고 어머니는 계속 어머니 집에 홀로 계시게 되었다.

그런데 어머니는 기억력뿐만 아니라 몸 상태도 더 나빠지신 것 같았다. 동생이나 나와 아내가 찾아뵐 때만 그나마 음식을 드시고 동생과 우리가 마련해갔거나 조리해서 함께 먹은 뒤 냉장고에 넣어두었던 음식은 혼자 계실 때 드시지 않았다. 대신에 우리가 어렸을 때부터 좋아했던 돼지고기 김치찌개만을 조리해 드시겠다며 정육점에서 매일 돼지고기를 사셨는지 비닐봉지에 담긴 돼지고기가 냉장고에 몇 개씩이나 있었다. 봉지에 붙어있는 가격표와 날짜를 보니 매일 습관적으로 사셨던 것 같다. 그래서 혹시 상한 음식을 드실까 봐 걱정하며 어머니 댁에 갈 때마다 냉장고에 있는 오래된 음식과 고기를 버리는 것이 일쑤였다. 그러면서 어머니를 홀로 계시도록 할 수밖에 없는 내 마음이 너무도 괴로웠다.

치매는 대표적 신경 퇴행성 뇌 질환으로 점차 인지기능이 떨어져 일상생활을 스스로 못하고 가족의 도움이 있어야 하므로 가족 질환이라고도 한다. 그래서 대부분의 치매 가족들은 마음이 불안한 상태에서 정신없이 산다고 한다. 나도 그런 상태에 들어가고 있는데 특히 어머니를 도울 수 없는 상황이기에 가슴만 타고 있다.

매스컴에서도 이미 치매 노인에 대한 뉴스가 이어지고 있는데 그만큼 치매 환자가 늘어났고 치매로 고통을 겪는 치매 환자 가족들이 점점 많아지면서 얼마 가지 않아 치매가 가족 질환도 넘어 사회 질환이 될 것이라고 했다.

2021년 2월 중 TV에 보도된 내용만 보더라도 몇 건이 있었는데 그 가운데 도로를 무단 횡단하던 치매 노인이 자동차에 치어 숨진 일이 있었다. 그 노인은 아마 인지능력이 사라졌기 때문에 도로를 무단 횡단하면서 그런 사고를 당했을 것이다.

그리고 또 한 건은 울산에서 있었던 일로 치매 노인이 길에서 배회하는 것을 시민들이 알아채고 도움을 주었다는 뉴스였다. 그러면서 치매 노인임을 알리는 표식을 달아주거나 위치표시기 등을 부착해주어 치매 환자들이 안전하게 생활하도록 도움을 주고 가족의 어려움도 덜어주도록 사회적 인식을 높여야 한다는 내용이었다.

결국 치매 환자들이 겪는 각종 사고가 많아지면서 치매에 대한 인식이 사회적으로 확대되고 있다. 그러면서 치매 환자에 대한 관심이 커지고 있는데 그렇다고 그런 관심이 환자의 인권을 억압하는 방향으로 흘러서는 안 된다고 생각한다.

지금처럼 치매의 치료 약 없이 치매 환자만 늘어난다면 치매 환자를 돌보는 사회적 변화가 있어야 할 것 같다. 치매 환자를 격리한다든지 가족의 돌봄만으로 해결하지 말고 치매 환자가 소일거리를 갖고 생활할 수 있도록 새로운 사회제도가 마련된다면 좋겠다.

이는 마치 세상의 모든 사람이 어린이를 보호하려는 사회적 인식이 있는 것처럼 그런 환경을 조성하는 것과 같다. 어린이를 보호하겠다는 것은 어린이의 의식이 성인에 이르지 못하기 때문이다. 그래서 어린이를 위험한 교통 환경이나 불량식품, 불건전 물품 등의 노출로부터 지키겠다는 뜻이다.

그런 것처럼 치매 환자에게도 사회적 보호를 적용하는데 치매 환자에게는 기억과 인지, 판단 등의 능력이 사라졌거나 약해져 있기 때문에 어린이에게보다 더 큰 돌봄이 필요하다.

어린이를 보호하는 것은 어린이의 현재를 지켜주며 다가올 미래에 스스로 잘 적응할 수 있는 능력을 만들어주기 위한 것이다. 하지만 치매 환자를 돌보는 것은 어린이의 경우와 다르다. 현재를 지켜주려는 의도는 같더라도 어린이에게처럼 미래의 생활로 이끌어주기 위한 것이 아니기에 잘못하다가는 격리와 규제만을 종용하면서 치매 환자의 생을 그저 안전한 마감으로만 이끄는 결과가 될지도 모른다.

치매 환자에게도 삶이 있다. 비록 치매가 대부분 인생 후반기에 찾아온다지만 단 하루의 삶이 되더라도 가족이나 주변인의 도움이 절대적으로 필요하다. 그러다 보니 환자도 힘들고 가족도 지쳐 악만 남게 되는 경우도 있다. 그래서 치매 환자의 인생에서 유종의 미는 없는 것처럼 여겨질 수도 있다.

하지만 치매가 찾아오기 이전까지 얼마나 열심히 착하게 살아왔는데 인생이 그렇게 마무리된다는 것이 너무도 억울하고 허무하기만 하다.

PART

2

엄마랑

어머니 치매에
가족도 치매

어머니는 점점 최근 일들은 잘 인지하시지 못하고 오래전에 있었던 일들만을 떠올리시며 말씀하신다. 그러나 그런 일들도 시간에 따라 일어난 순서대로 말씀하시는 것이 아니라 조각처럼 한정적으로 기억하시며 말씀하시는데 그래서 그런지 그렇게 말씀하신 다음에는 간혹 "내가 왜 그랬었지?"라는 말씀을 덧붙이신다.

또한 어쩌다 최근에 있었던 일들을 말씀하시더라도 과거에 있었던 일들을 소환하여 그것을 최근의 일들과 묶어서 이상한 결과를 만들어내시는 말씀을 하신다. 얼마 전 사촌 형수 댁에 함께 다녀온 이후 수십 년 전 형수가 부탁했었던 말을 기억하시면서 이번에 형수가 그런 부탁을 했다며 우리도 함께 듣지 않았느냐는 말씀을 하셔서 어안이 벙벙했었다.

그러시는 어머니가 나에 대한 말씀을 하실 때는 과거의 내 모습을 떠올리시면서 지금의 나를 과거 속 나의 안타까웠던 일들에 옮겨놓고 눈시울을 적시기도 하신다.

어머니 눈에는 늙은 내 얼굴에서 어린 시절의 내 모습이 보이는가 보다. 그래서 나도 내 나이 예순여섯에 어머니란 호칭 대신 엄마라고 부르며 옛날을 산다. 다른 사람들이 볼 때 이상하게 느껴질지 모르지만 어머니 치매 때문에 우리 가족 모두는 치매다.

내가 어린 시절 그렇게 많은 말썽을 부려 아버지의 매와 더불어 살았어도 언제나 내 편이 되어주셨던 엄마!

그런 엄마를 혼자 생활하시도록 하는 것은 방치하는 것과 마찬가지라며 아내는 걱정과 함께 그렇게 말한다. 그러면서 어머니와 같은 아파트에 거주하는 사람들이 자식들을 욕할 것이라며 나의 무능을 탓하기도 한다.

하지만 자식들은 모두 어머니를 걱정하며 불안 속에 지내고 있다. 그렇게 된 것은 어머니가 기억을 잃어가면서도 아버지와 사셨던 집만큼은 떠나지 않고 아버지를 떠올리시며 혼자 사시겠다고 고집부리시기 때문이다. 그리하여 우리 또한 어머니 댁이나 그 주변으로 이사하여 살 수 없기에 그저 어머니를 자주 찾아뵙기만 하며 어머니 생활에 맞추고 있다.

옛이야기

"인환이와 우찬네들 연락되니?"

엄마는 내가 55년 전 초등학교에 다니던 시절의 동네 친구들에 관하여 물으신다. 하지만 그러는 것이 처음이 아니라 엄마집을 찾아갈 때마다 항상 하시는 말씀이다. 그러면서 "너는 어렸을 때 깡말랐었지만 깡다구가 있어서 동네 골목 대장이었지."라고 덧붙이신다.

내가 생각해도 난 어린 시절 참으로 그악했었다.

인천시 숭의동 전도관 아랫동네에 살았을 때 바로 윗동네에 밭이 있었는데 그 밭 여기저기 너른 웅덩이들에는 농사짓는 사람이 거름을 만들기 위해 사람의 똥을 담아놓았다. 난 그것을 알고 있었지만 심하게 뛰어놀다가 그만 그곳에 발이 빠지고 말았다. 그런데 그 모습을 보고 친구들이 웃기에 나는 친구들에게 다가가서 그들의 다리에 대고 그 똥을 문질렀다. 그런 다음

집으로 돌아와 어머니께 꾸지람을 들으며 마당에서 닦고 있을 때 대문 밖에서 내 이름을 부르는 소리와 함께 친구들의 어머니들이 집으로 몰려들었다.

잠시 후 방에서 나오신 아버지에 의해 나의 몸은 시퍼렇게 멍들었으며 어머니는 그런 나를 보고 눈물을 흘리셨다.

엄마는 치매에 걸리신 이후 그런 얘기들을 셀 수 없을 만큼 반복하셨다. 처음엔 듣기 싫어서 화를 내기도 했었지만 그래 보았자 소용없다는 것을 알게 된 뒤 그런 말씀에 어떤 반응도 하지 않고 그저 듣기만 했다. 그런데 희한하게도 그런 내용을 기억하시기 시작하면 어린 시절 내가 잘못했었던 것들만 줄줄이 떠올리시며 몇 번이라도 순서도 바꾸지 않고 말씀하신다. 그런 다음 꼭 마지막 이야기는 고등학교 때 재홍이란 친구가 우리 집에 와서 잠을 자다가 겨울밤에 방안에서 요강이 넘치도록 오줌을 누었다는 이야기를 웃음과 함께 쏟아내신다.

엄마는 치매가 발병한 이후 새롭게 일어났던 일들에 대해서는 정확하게 기억하시지 못하며 오직 예전에 있었던 일들만을 기억하신다. 나는 치매라는 병이 그런 증세가 있다는 것을 알면서도 어떤 때는 직접 고쳐드리고 싶은 마음에 최근에 있었던 일들을 기억하시라며 종용하기도 했었다.

그러면 엄마는 골똘히 생각하시다가 머리가 아프다면서 표정이 무섭게 변한다. 그런데 그것뿐만 아니라 그런 다음에는 체력이 급격하게 저하되어 힘들어하신다. 그래서 그렇게 하는 것이 좋지 않다는 것을 알게 되었으며 치매란 결국 뇌가 손상되는 병으로써 뇌 기능이 점점 더 나빠지는 것이기에 치료되는 것을 기대하다가는 더 나쁜 결과를 초래할 수 있을지도 모른다는 공포감마저 들게 되었다.

그리하여 내가 엄마와 함께 지내면서 하는 대부분의 이야기는 옛날에 있었던 일들에 관한 것인데 나 자신도 직접 나의 어린 시절에 있었던 이야기들을 떠올리게 된다. 그런데 어쩌면 나는 어린 시절에 그렇게도 잘못했었는지 지금 생각해도 한심스럽고 부끄럽게만 느껴진다.

그래서 엄마가 나의 어린 시절 이야기를 하실 때면 아내가 옆에 없어 주기를 바라지만 엄마는 일부러 아내가 있을 때만 골라서 그런 말씀을 하시는 것 같다.

그래도 엄마가 그런 말씀을 하실 때마다 웃음과 함께 표정이 밝아지고 기분도 좋으신 것 같으니 아내 앞에서 내 스타일이 다 망가지더라도 나는 정말로 괜찮다.

엄마
꽃

엄마가 장미를 좋아하시는 것은 나 때문이라고 말씀하셨다. 어느 날 엄마의 추억을 찾아드리기 위해 제물포역 뒷동네에서 살던 시절로 거슬러 올라갔다. 우리가 제물포 집에서 살기 시작한 것은 내가 대학 1학년 무렵이었는데 선화여상 정문으로 향하는 주택가 속의 작은 사거리에 위치했던 모퉁이 집이 우리 집이었다.

남향이었던 그 집에는 햇볕이 잘 들어서 그랬는지 덩굴장미가 특히 잘 자라서 5미터 길이 정도 되는 붉은 벽돌 담장을 타고 밖으로 흘러내리기까지 했었다. 그래서 오뉴월엔 등굣길의 인천전문대 학생들이 장미꽃을 꺾어갈 정도였었다.

아버지의 노력과 어머니의 알뜰한 살림 덕분에 그곳에 새집을 지어 이사하면서 아버지가 정원에 장미를 비롯한 많은 나무들을 심었었다. 아버지의 괜찮은 수입과 어머니의 알뜰한 살림 덕분에 이후 내내 우리 4남매는 어떤 경제적 어려움도 없이 대학까지 졸업했는데 제물포 집을 새로 지어 이사하기 전까지는 전도관 아래 숭의동에서 살았었다.

그런데 그 집은 내가 초등학교 2학년 때부터 살았던 미음 자 형태의 한옥으로 건물에 붙어있는 대문 밖에는 그 집의 터만큼 넓었던 바깥마당도 있었다. 그 마당이 얼마나 넓었는지 겨울이면 동네 아이들을 불러들여 그곳에서 축구를 할 정도였었다. 겨울에는 그곳에 어떤 농작물도 심을 수 없었기 때문에 그럴 수 있었는데 봄부터는 그곳에 상추와 호박을 비롯한 해바라기, 피마자, 맨드라미, 채송화까지 모든 식물들이 가득하여 친구들과 신발로 벌을 잡으며 놀기까지 했었다.

그렇지만 세상도 발전하고 생활양식도 변하면서 부모님은 보일러 난방과 입식 부엌에서의 생활을 위해 마침 인천이 외곽으로 뻗어 나가던 참이었기에 제물포역 뒤쪽에 있는 주택가의 빈터를 구입하여 그곳에 양옥집을 지었던 것이었다.

엄마는 평생 그곳이 가장 기억에 남는다고 하셨다. 그곳에 살기 시작하면서부터 아버지 위장병이 나았고 그곳에서는 나보다 먼저 결혼했던 밑에 동생이 신혼생활을 했었으며 막냇동생이 가족을 위한 파티도 자주 열었다고 했다. 물론 가슴 아픈 추억도 있는데 엄마의 악착같은 생활력 때문에 마늘 까는 일을 부업으로 하시면서 아버지가 퇴직하신 후에도 휴식은커녕 그 일을 전적으로 도우시도록 했던 것이라고 하셨다. 그래서 엄마는 우리 앞에서 마늘만 보면 자신을 꾸짖으시며 아버지에게 미안해 하신다.

그런 것과 마찬가지로 어머니가 제물포 집에 대하여 나와 관련된 추억을 기억하실 때는 장미를 말씀하신다. 내가 군대에 갈 때 엄마는 제물포역에서 나를 보낸 뒤 집으로 돌아오셔서 집 담장을 덮으며 흐드러지게 피었던 덩굴장미의 붉은 꽃잎들을 만지며 우셨다고 했다. 또한 엄마는 내가 군에서 제대했을 때도 담장에 흐드러지게 피었던 덩굴장미의 붉은 꽃들 앞에서 나를 기다리시며 기뻐하셨다고 했다. 그래서 장미만 보면 내 생각과 함께 장미가 마치 엄마를 슬프게도 만들었고 기쁘게도 만들어주는 것 같아서 좋다고 하셨다.

내가 공군에 입대했던 1977년 6월 1일과 제대하여 귀가했던 1980년 5월 1일에도 나의 집 담장을 타고 흐드러지게 피었던 덩굴장미!

엄마는 장미만 보면 한편으론 나와의 이별에 대한 생각으로 우울했었고 또 한편으론 나와의 재회가 생각나 기쁘기도 하셨다는데 나는 앞으로 장미를 보면 엄마 꽃이라고 생각하며 엄마를 그리워할 것 같아 벌써부터 콧날이 시큰거린다.

엄마를
위해

나의 아버지를 기억하면 나와는 좋은 추억보다 좋지 않았던 추억이 많아 마음이 그리 편해지지 않는다.

아버지는 내가 장난이 심해 교육시키기 위해 때렸다고 했지만 화가 나셨을 때는 총채를 비롯한 빗자루 등 주변에서 손에 잡히는 것은 모두 몽둥이가 되었으며 머리카락을 잡아당겨 머리에 땜통이 생길 정도였는데 어떤 때는 동네 사람이 나를 아버지로부터 피하도록 인근 여인숙에서 재워주기도 했었다.

그렇게 매를 맞으며 자라다 보니 나 역시 폭력적 성향이 되어 동네 아이들을 괴롭혔다. 그러자 동네 아이들은 그것을 그들의 부모에게 일렀고 그 부모들이 나의 집으로 찾아와 항의하면 아버지는 영락없이 나를 때렸는데 엄마는 그런 내가 불쌍하다며 말리다가 아버지에게 맞기도 했다.

엄마는 나 때문에 아버지에게 이처럼 당하셨다. 난 머리가 커 갈수록 아버지의 엄마에 대한 권위적이고 독재적이며 폭력적인 행위가 잘못됐다고 여기며 그것이 싫어서 반항했던 것이었는데 그 결과 엄마만 어려움에 처하셨던 경우가 꽤 많았다. 그래서 가출도 생각했었지만 그렇게 하지 못했었던 것은 엄마에 대한 염려 때문이었다. 내가 집을 나가버리면 엄마는 또 어떻게 되실까? 난 그런 생각에 엄마를 떠날 수 없었다.

그러나 고등학교 3학년 때 급기야 아버지와 큰 마찰이 생겼다. 난 아버지가 위선자 같은 언행을 하시는 면이 싫어서 아버지를 떠나기로 결심한 뒤 미리 서울역 근처 비어홀에서의 일자리까지 마련하는 등 완벽하게 준비하고 집을 나갔다. 그러면서 인천에서 마지막으로 친구들과 독서실에서 보낸 뒤 다음날 인천을 떠나기로 했었다.

그런데 저녁때쯤에 친구가 바람 쐬러 나가자고 했다. 그래서 배다리에서 경동사거리 쪽으로 걸어 올라가는데 맞은편에서 엄마가 나를 발견하시고 빠른 걸음으로 다가오고 계셨다.

나는 도망가려고 했지만 다리에 힘이 들어가지 않아 붙잡히고 말았다. 엄마는 나를 뒤에서 끌어안고 손가락 깍지를 끼셨다. 나는 그것을 풀려고 했지만 도저히 풀 수 없었다. 며칠 동안 잘 먹지 못했거나 잠을 자지 못해서였는지 힘을 쓸 수가 없었다. 나는 그길로 엄마를 따라 집으로 들어갔다.

아버지는 안방에서 파이프 담배를 피우시면서 나를 쳐다보시지도 않은 채 왜 들어왔냐고 호통을 치셨다. 나는 알았다고 응수하며 다시 나가려고 했다. 그러자 엄마는 아버지에게 대들며 막우셨다. 그런데 이상하게도 아버지는 더 이상의 말씀을 하시지 않았다. 그렇게 해서 나의 가출은 끝을 맺게 되었고 다시 학업에 열중했다. 그러면서 아버지가 조금씩 달라지셨는데 특히 엄마와 나에 대한 권위적이고 강압적인 면이 많이 줄어든 것 같았다.

난 엄마가 불쌍하다고 여기며 성장했다. 그런 마음을 더 갖게 했었던 것은 독서였었다. 내가 주로 읽었던 고전문학은 모파상의 '여자의 일생'이라든지 펄벅의 '대지' 그리고 '테스'와 '주홍글씨' 등이었는데 그 내용으로 인해 여자를 안쓰럽게 생각하는 마음도 생겼었다. 그래서 어른이 되면 엄마께 잘 해드려야겠다는 마음이 있었지만 막상 성인이 되어 생활환경에 젖다 보니 심지어 엄마를 무시하는 경우조차 생겼었다.

하지만 난 내 목숨이 다하는 날까지 엄마를 잊을 수 없다.

엄마는 나를 낳아주신 것뿐만 아니라 내가 살아가도록 나에게 정신적 의지가 사라지지 않도록 지켜주셨던 분이다.

내가 여덟 살이었을 때 동생과 함께 인천 앞바다에 띄워놓은 통나무 위에서 놀다가 통나무가 구르는 바람에 바다에 빠졌던 적이 있었다. 난 오후 3시쯤에 빠졌다가 6시쯤에 구조되었었다. 그때 난 허우적거리면서도 해안을 뒤덮은 많은 사람들 가운데 엄마를 볼 수 있었다. 엄마가 나를 구하기 위해 바다에 뛰어들려고 하자 다른 사람들이 제지하여 몸부림치고 있었다. 그래서 난 엄마의 그 모습을 보고 살아야겠다는 마음으로 수영은 못했지만 물속에 내려앉아 발로 바닥을 치고 올라와 물 밖에서 숨을 쉬고 다시 가라앉는 것을 반복했었다. 그러다가 바다 인근에 사는 어떤 젊은이에 의해 구해졌다고 했는데 구조된 뒤 엄마의 등에 업힌 채 바로 정신을 잃을 때까지의 모든 것이 지금까지도 생생하게 기억난다.

엄마는 그때 어떠셨을까?

엄마는 엄마가 치매증세가 없으셨을 때까지 내가 잘못하는 일만 있으면 그 당시의 상황을 말씀해 주시며 타이르셨다. 난 엄마 속을 참 많이 태우고 자랐다. 그러면서 지금의 모습이 되었는데 내가 어쩌다 영어를 가르치는 선생이 되고부터 엄마는 "선생의 똥은 개도 안 먹는다."라면서 내가 힘들어 하는 것을 위로해주시곤 한다. 그리고는 학생 수는 몇 명이나 되냐고 반복해서 물으시며 걱정으로 이어지신다.

그런 엄마를 위해 내가 해야 할 일이 있는데도 당장엔 나서지 못하고 있다. 하지만 엄마가 편해지시고 나에 대한 걱정 없이 지내실 수 있도록 준비하는 것이 있다. 나는 그것이 뜻대로 이루어지도록 더 많이 노력하고 있으며 나의 능력이 미치지 못하는 것에 대해서는 하늘에 간절히 청하고 있다.

엄마를
그리며

난 로또복권을 사기 시작했다.

치매에 걸린 어머니를 혼자 생활하시도록 그대로 놔둘 수 없기 때문에 함께 생활해야만 한다. 그러기 위해서는 내가 어머니 댁에 들어가 살거나 어머니를 내 집으로 모셔 와야만 한다. 하지만 내가 어머니 댁에서 생활한다면 나의 직업을 포기해야만 할 것이고 어머니를 모셔온다면 좁은 집에서 함께 생활할 수 없기 때문에 나의 집 근처에 새로운 집을 마련해야만 한다. 그렇게 함께 살거나 어머니가 나의 집과 가까운 곳에서 사실 수 있도록 해야만 한다.

어머니가 살고 계시는 안중의 아파트를 팔면 얼마든지 그렇게 할 수 있다. 그래서 그런 계획도 짜보았었다. 하지만 동생들이 오해할 것 같아서 실행을 못했었다. 동생들은 어머니 재산에 많은 관심을 두고 있다. 그렇기 때문에 내가 어머니 집을 팔아 나와 함께 살기 위해 사용한다거나 어머니를 내 집 근처로 이사 오시게 하면 오해가 발생할 수 있을 것 같기에 나는 그렇게 하는 것이 싫다. 그런데 그렇다고 어머니를 혼자 그대로 생활하시도록 한다면 어머니가 돌아가시기만을 그저 기다리는 꼴이 되고 말 것이다.

솔직히 나는 동생들과 오해가 발생하는 것도 싫고 함께 잘 어울려 사는 것도 바라지 않는다. 그렇기에 어머니 거취에 대해 동생들과 의논하고 싶지도 않아 어머니 재산은 그대로 놔두기로 마음먹었다. 그러면서 내 돈으로 내 집 근처에 어머니를 위한 주거공간을 마련하여 그곳에서 어머니를 돌봐드릴 생각을 했다. 그래서 집 근처의 아파트와 빌라 등의 매매가와 전세가를 알아보았더니 그렇게 실행할 돈이 부족했다.

어머니를 모실 생각으로 어느 날 계양산에 올랐다.

그리고 엄마라고 불렀던 어린 시절을 떠올렸다. 엄마는 말썽꾸러기 나를 기르기 위해 편한 날이 없었다고 했다. 엄마는 내가 말썽을 부릴까 봐 외출도 못했고 데리고 나갈 수도 없었다고 했다. 내가 생각하기에도 부모님이 집에 계시지 않으면 뭔가를 망가트린다거나 동생과 싸워서 난장판을 만들어놓았던 것을 기억할 수 있다. 또한 엄마가 나를 데리고 시장에 가면 내가 물건들을 만져서 가게주인들이 화를 내고 엄마는 사과하면서 나를 혼내주었던 장면들이 떠오른다.

나는 그런 식으로 유별나게 자랐다. 그래도 엄마는 나를 4남매 가운데 가장 안타깝게 여기셨던 것 같다. 장남이기에 그런 것 같지만 내가 장난이 심해 아버지에게 매를 많이 맞았기 때문이었을 것이다.

엄마는 지금도 내가 아버지에게 매 맞고 자란 것과 아버지가 밥도 먹지 못하게 했던 것 그리고 밥만 많이 먹는다고 꾸짖었던 것에 대해 말씀하시며 그 당시에 많이 속상하셨단다.

그런 나 때문에 엄마도 아버지께 혼나기도 했는데 그렇게 자랐던 것에 대해 엄마에게 미안하고 또한 지켜주셨던 것에도 고맙다. 만일 그런 엄마가 없었다면 내가 어찌 방송사 프로듀서가 될 수 있었으며 지금처럼 영어를 가르치는 선생이 될 수 있었을까?

그런데 그런 엄마가 점점 사라져간다. 엄마는 아기였을 때의 나를 잃어버렸었던 얘기를 해주곤 했었는데 그것을 기억하시지 못하는 등 최근의 일은 물론 오랜 과거의 일들도 차츰 망각하시기 시작했다.

엄마와 함께 생활해야 한다. 엄마와 함께 생활할 수 있도록 로또복권에 당첨되게 해달라고 계양산에서 하늘에 빌었다. 그리고 그 뒤부터 로또복권을 사기 시작했다. 오로지 엄마를 돌봐드릴 수 있기를 간절히 바라는 뜻에서였다. 그리고 또한 학생들을 열심히 가르쳐 하늘에서 어머니를 모셔올 만큼의 돈이 뚝 떨어지게 해달라고도 빌었다.

아버지께

아버지가 병상에 계실 때 어머니는 "그래도 아버지는 세상에서 안 해본 것 없이 다 해보셨으니 후회는 없을 거야"라면서 아버지가 곧 세상을 떠나실 것 같다고 말씀하셨다.

그날 밤 인천으로 올라온 뒤 다음날 교습소에 출근하여 첫 수업을 준비하고 있었을 때 아버지께서 입원하고 계셨던 안중 모병원의 간호조무사가 내게 전화를 해왔다.

"아버지가 위독하니 빨리 오세요!"

나는 수업을 취소하고 병원으로 가기 위해 승용차를 몰았다. 그러면서 하늘에 빌었다.

"아버지의 임종을 지킬 수 있게 해주세요. 아버지께 드리고 싶은 말이 있어요. 아버지가 편히 가시고 저도 편히 살고 싶습니다. 제발 부탁입니다"

그런데 승용차가 제2경인고속도로에 진입했었을 때 다시 같은 번호가 찍힌 전화벨이 울렸다. 별로 좋지 않은 예감이 들었는데 그 병원의 수간호사였다.

"아버님이 돌아가셨어요, 의사 선생님 바꿔드릴게요"

"아버님이 오후 2시 45분에 운명하셨습니다."

그러면서 그는 아버지의 사망원인 등에 대해 자세하게 알려주었다. 나는 그에게 부탁했다.

"제가 이제 고속도로에 올랐는데 차들이 많이 막혀 2시간 이상 걸릴 것 같습니다만 아버지를 영안실이 아니라 병실에서 뵐 수 있도록 해주세요. 얼른 내려갈 수 있도록 최선을 다하겠으며 다른 식구들에게도 빨리 연락하겠습니다."

전화통화 때는 물론 전화통화가 끝난 뒤에도 눈물이 앞을 가려 운전할 수 없을 지경이었다.

아버지의 임종을 지켜드리지 못한 것과 어떤 가족도 없는 가운데 쓸쓸히 돌아가신 것에 대해 너무 가슴 아팠다. 그러면서 아버지를 원망했다.

"도대체 왜 제 말씀을 듣지 않으셨던 거예요? 그렇게 제가 사는 곳으로 이사 오시라고 말씀드렸는데 결국 이렇게까지 되신 거예요?"

부모님은 4명의 자녀가 모두 경제적으로 어려웠을 때 어떤 자식에게도 부담을 주지 않으시려고 아무 연고도 없는 평택시 안중의 어느 아파트와 상가를 사서 가셨다고 했었다. 그리고 거기서 아버지 어머니 두 분만이 17년을 살아오셨다.

아버지가 병상에 누우신 이후 매주 한 차례 이상은 찾아뵈었지만 너무 안타깝게도 그렇게 쓸쓸히 돌아가시고 말았다. 아버지는 뇌경색으로 쓰러지신 뒤 치매를 앓고 있는 어머니의 요구에 따라 10여 곳의 병원과 요양원 등을 옮겨 다니시며 힘들어하시다 결국에는 폐암으로 어떤 가족도 임종을 지키지 못한 가운데 병원에서 돌아가시고 말았다.

고맙게도 의사 선생님은 내가 도착할 때까지 아버지를 병실에 두셨다. 나는 병원에 오면서 밑에 동생에게 연락을 취했었는데 그도 막 도착해 있었다.

병원으로 가는 길에 어머니 댁에 들러 어머니를 모시고 갔는데 어머니는 아버지를 보시자마자 가슴을 치며 통곡하셨다.

"내가 왜 집에 갔었는지!"

우리는 아버지 시신을 국가보훈처와 협약을 맺고 있다는 부천의 어느 장례식장으로 옮긴 뒤 장례를 치렀다.

어머니 말씀 가운데 아버지가 안 해본 것이 없다고 하셨는데 아버지는 보통 사람은 할 수 없는 일까지도 나에게 하셨다.

내가 초등학교에 입학하기 전에 아버지는 직장 동료들과 야유회를 가셨던 모양이었다. 그런데 무슨 이유였는지 나도 아버지를 따라갔다.

그곳에서 어른들은 둥글게 앉아있었는데 아버지는 물론 아버지 동료들 옆에는 각각 어떤 여자들이 붙어 앉아서 술을 마시며 끌어안고 난리도 아니었다. 그들과 떨어져 뒤에서 혼자 놀던 나는 이 장면을 보고 아버지 파트너의 등을 향해 이단 옆차기로 날아올랐다.

그 여자는 나를 나무랐으며 아버지는 나의 뺨과 머리를 때렸고 아버지 동료들은 나에게 손가락질하며 아버지에게 자식을 잘 가르치라고 떠들어댔다.

술을 좋아하셨고 어머니에게 폭언과 폭행을 자주 하셨던 아버지. 당연히 그것은 나에게도 적용됐었다. 내 기억으로 4살 때쯤에 난 이미 하늘을 날았었다.

술에 취해 어머니를 폭행하는 아버지에게 내가 왜 엄마를 때리느냐며 아버지 바지를 잡아당기자 아버지는 나를 마루에서 앞마당으로 밀어냈었다. 그런 아버지를 보면서 자란 내 마음엔 아버지를 긍정적으로 받아들일 공간이 없었으며 오히려 미워했었다. 또한 그렇게 대하셨던 아버지도 나를 긍정적으로 받아들이지 않으셨던 것 같다. 난 고등학교 3학년 때까지 아버지에게 맞은 기억이 있다. 아버지는 나를 마치 스파링 파트너로 대하지 않았나 싶을 정도였다.

그런데 내가 아버지로부터 이렇게 매를 맞는 것을 동생은 바라기나 한 듯 내가 조금만 잘못하면 아버지에게 일러바치곤 했다. 그래서 나는 동생이 얄미워 집적대며 싸우곤 했는데 아버지는 그럴 때마다 나와 동생을 마주 보게 한 뒤 서로 뺨을 때리게 했었다. 그 이후로 우리 집에는 형과 동생의 서열이 사라지기 시작했으며 지금까지 형제간의 우애가 별로 없다.

난 아버지가 미워서 아버지가 좋아하시지 않는 짓을 많이 했던 것 같다. 특히 아버지 친구들을 싫어했었다. 그래서 아버지 친구들이 집으로 전화해서 내가 받았을 때 그분들이 반말을 하면 왜 반말을 하냐며 따지기도 했었다. 그리고 내가 방송인이 되었을 땐 아버지를 무시하곤 했었다. 아버지가 나를 비롯한 가족들로부터 외로움을 느껴보라고 그렇게 했었던 것이었다.

그러나 방송을 그만두고 일자리를 찾아 나섰을 땐 나도 아버지로부터 듣고 싶은 말도 있었다.

내가 무엇인가 새롭게 시작했을 때, "그래 열심히 해봐라. 잘 될 것이다!"라는 격려의 말 같은 것이었다. 하지만 아버지는 그런 말씀을 해주신 적이 없었다. 오히려 내가 새로운 일을 시작했다며 명함을 드리면 "또 무슨 명함이니?"라고 말씀하셨다. 내가 모두의 만류에도 불구하고 중국에 가기 위해 방송사를 그만두었는데 중국에 가지도 못하고 한동안 방황하며 살았기 때문에 그러셨던 것이었다.

그래도 부자지간에 더구나 장남임에도 불구하고 아버지 살아생전에 진솔하고 따뜻한 대화가 없었던 것이 아쉽다.

더구나 아버지가 병상에 계셨을 때 국민건강보험공단으로부터 의료급여를 받을 수 있도록 등급신청을 했었을 때였다. 공단직원이 병원에 찾아와 아버지에게 각종 검사를 하는 가운데 아버지의 의식상태를 알아보기 위해 나를 가리키며 누구냐고 물었을 때 아버지가 하셨던 대답이 내 마음을 무겁게 했다.

"아버님, 이 사람이 누구예요?"

"큰아들이지, 장난이 심해서 많이 혼내줬어"

아버지가 떠나시고 평택 시립추모공원에 안장되신 뒤 재심사 끝에 다시 현충원에 이장될 수 있게 되어 현충원 안장에 필요한 아버지 사진을 찾아야만 했었다. 그래서 안방 TV 받침대 서랍을 뒤지자 사각의 통이 있었는데 그 속에는 아버지와 어머니가 함께 찍은 각종 기념사진들과 어머니 아버지가 각자 젊었을 때부터 찍어온 증명사진과 명함판 사진들도 있었다. 그런데 아버지 독사진 가운데 단 한 장에 영어로 'Forever with you (그대와 영원히)'라는 문구가 새겨 있었다.

사진 속 의상을 보니 영정을 찍을 때 함께 만든 것 같았다. 아마 사진관에서 영정을 찍었던 사람들에게 모두 똑같이 그렇게 만들어주었을 것으로 생각했는데 어머니 사진에는 그것이 없었다. 어쩌면 아버지만이 어머니를 생각하시면서 그렇게 요청하여 만드신 것 같았다.

내가 봤던 바로는 아버지가 어머니께 그리 썩 잘하신 것이 없었던 것 같지만 부부 사정은 부부만이 안다고 아버지가 어머니를 많이 아끼셨던 모양이다.

"아버지! 제가 아버지와 진솔한 대화도 갖지 못한 채 이별한 것이 너무 아쉽습니다. 아버지를 이해하고 용서를 비는 것이 필요했었는데 그렇지 못했던 것이 제 가슴에 멍이 되는 것 같습니다. 그것이 아픔이 되어 힘들게 살아간다고 해도 감수하겠습니다. 하지만 어머니에 대한 부탁은 들어주세요. 어머니의 치매가 더 이상 나빠지지 않고 고생 없이 지낼 수 있도록 도와주세요. 그리고 저희 또한 어머니께 모두 잘할 수 있도록 마음을 붙잡아 주시기 바랍니다. 꼭 그렇게 해주세요."

엄마를 위한
아버지 유언

아버지와 틀어졌었던 마음을 아버지가 돌아가시기 전에 바로 잡지 못했고 아버지의 임종마저 지키지 못했기 때문이었는지 어머니 집을 찾아뵐 때마다 마음이 불편했다.

아버지와 나는 왜 그렇게 되었었을까?

어머니와 아버지에 대한 얘기를 나누다 보면 어머니도 아버지와 내가 좋지 않은 관계였던 것을 몹시 아쉬워하시며 대화의 끝에 항상 하시는 말씀이 있었다.

"그래도 네가 아기였을 때는 네 아버지가 너를 대단히 끔찍하게 여겼었단다. 외출하실 때마다 너를 무등 태워 다녔으며 너를 바닥에 내려놓지 않을 만큼 예뻐했었단다."

어머니가 그런 말씀을 하실 때마다 어머니 마음을 아프게 하는 것 같아서 어머니와 가능한 한 아버지에 대한 얘기를 나누지 않기로 했다. 그러면서 혼자 아버지 사진을 보면서 용서도 빌었지만 내 마음속에 있는 아버지는 노여움이 가득한 표정으로 나를 바라보시는 것 같아서 마음이 계속 편하지 않았다.

물론 그런 것은 내 마음에서 일어나는 것으로써 해소는 마음먹기 나름이라는 것을 알고 있었지만 도대체 발동조차 되지 않았었다. 그래서 이후에는 "아버지! 이제 저를 잊고 편안히 계세요!"라며 아버지께서 내 마음에서 나가 주실 것을 요청하기도 했었다.

아울러 종교인들이나 심리학자들이 전하는 "내 탓이요!", "마음먹기 나름이다!" 등의 내용이 담긴 책을 읽거나 인터넷 등에서 그런 마음을 다스렸던 경험자들의 사연 등을 찾아 수많은 방법들을 직간접적으로 취했지만 끝내 이루어지지 않았다.

그러던 어느 날 주변 사람과 그냥 얘기를 나눠보고 싶은 그런 마음으로 조금 알고 지내던 역술인을 찾아 물었다.

그 역술인은 대뜸 나의 사주를 보더니, 아버지가 불이라면 내가 이슬비 같은 존재로서 비가 불을 끄는 꼴이었으니 아버지의 일을 방해하는 나와 아버지와의 관계가 당연히 좋지 않았을 것이었다고 말했다.

난 그 말을 알아들을 수 있었다. 그랬었다. 역술가가 말해준 사주풀이를 믿어서가 아니라 장난이 심해서 아버지의 화를 돋게 했던 일들이 많았다. 물론 어머니 말씀대로 아버지의 성품이 호랑이 같아서 아버지는 나의 잘못을 너그럽게 받아주신 적이

거의 없었다. 하지만 시작은 나로부터였다. 늦게나마 아버지를 이해하고 진심으로 용서를 빌게 되었다.

미신 같은 그 말이었지만 나와 아버지와의 관계에 나쁘게 설정되었던 원인이 내 탓이었다는 것을 그 사람의 말을 통해 깨닫게 되니 불편한 마음이 해소되기 시작했다.

그리고 더 큰 이해는 아버지가 계신 국립서울현충원에 가면서부터였다. 한국전쟁에 참전하셨던 아버지는 많은 북한군과 중공군을 사살했다는 말씀을 하셨다. 그래서 그랬는지 아버지의 눈빛은 보통 사람과는 달랐었다. 내 생각에 아버지는 전쟁 중이었더라도 사람을 사살했던 것이 트라우마가 되어 술을 가까이 하셨으며 성격이 난폭해지셨던 것 같다.

그래도 아버지는 생전에 엄마에 대한 유언을 하셨다.

"네 엄마를 잘 돌봐 드려라!"

네, 잘 알겠습니다. 내가 잘살아보겠다는 마음가짐을 가지면 가질수록 더 고맙게 느껴지는 나의 엄마니까요!

장난이 심했던 나에게 엄마의 돌봄과 희생이 없었다면 난 어떻게 되었을까?

그럭저럭 보낸 세월과 함께 지금 이 모습이지만 아버지 말씀에 따라 엄마의 마음이 편하시도록 더 잘 돌봐드릴 것이다. 그래서 나중에 엄마가 아버지를 만나셨을 때 자식들과 여한 없이 살다 왔다는 말씀을 드릴 수 있도록 최선을 다할 것이다.

엄마를 위한
인내

두통을 이틀 동안이나 겪어보기는 처음 있는 일이었다.

아버지가 돌아가신 후 동생이 자신의 SUV 차량을 이용하여 평택 안중의 어머니 댁에서 어머니를 모시고 동생 부부와 나의 아내와 함께 큰어머니가 계시는 대전의 어느 요양원과 사촌 매형이 입원해 있다는 서산의 병원까지 병문안을 갔었다.

그때 동생의 차에 타자마자 맡아지는 담배 냄새가 역겨웠었는데 더 나아가 동생이 휴게소 등지에서 잠시 휴식을 취하면서 흡연을 한 뒤 다시 승차했을 때 그로부터 전해지는 담배 냄새는 머리를 아프게 만들 지경이었다. 그리고 그 이후로 이틀 동안 두통으로 인해 참으로 힘든 시간을 보내야만 했었다.

난 담배를 피우지 않는다. 그래서 담배 냄새에 무척 예민하며 담배 냄새가 싫다. 전철에 탔을 때 옆에 앉은 사람으로부터 담배 냄새가 나면 즉시 다른 자리로 옮기는 것이 당연했으며 길을 걷다가도 흡연자가 앞에서 걸으면 무단횡단을 해서라도 길 건너 인도를 택해 걸을 정도로 담배 냄새와 연기를 극도로 싫어한다. 그런데 그날 무려 5시간 이상이나 담배 냄새 속에 갇혀있었으니 그나마 이틀 동안만 두통을 앓은 것도 다행이라고 생각한다.

그럴 정도로 담배를 싫어하지만 나도 과거에는 간혹 담배를 피웠었다. 그랬었던 내가 담배를 완전히 끊게 됐었던 것은 경제적 어려움 때문이었다.

한중수교 이후 중국으로 진출하기 위해 방송사를 사직했지만 일이 뜻대로 되지 않아 뜻밖의 실업자가 됐을 때 버스비조차 없었던 시절이 있었다. 그때 자연스럽게 담배를 필 수 없게 되었다.

그리고 그 이후에는 등산을 하면서 과거에 폐결핵을 앓았던 것과 흡연으로 인해 약해진 폐에 대한 보상이라도 하듯 소나무 숲속에서 가슴이 터지도록 피톤치드가 담긴 공기를 들이마시는 일을 10년 정도 했었다. 그랬더니 담배가 그립기는커녕 담배와 비슷한 냄새만 맡아도 역겨울 정도가 되었다.

아버지가 뇌경색으로 쓰러지신 뒤 돌아가셨는데 사망의 직접적인 원인은 폐암이었다. 면역기능이 저하되면서 신체의 가장 약한 부분에 염증이 발생한다고 하는데 바로 폐에 암이 발생했던 것이었다. 그리고 폐에서 암세포가 발견된 이후 한 달 반 만에 두 배 이상으로 커졌으며 그 암세포가 온몸의 영양분을 빨아들여 피부가 괴사하고 복수까지 차게 되었다. 아버지는 그런 상태에서 심한 통증을 느끼게 되어 강력한 진통제 없이는 견딜 수 없는 지경까지 이르렀었다. 그리고 혈압과 맥박, 심장박동이 낮아지면서 진통제에 의한 수면 상태에서 돌아가셨다고 의사가 알려주었다.

어쨌든 나는 담배 냄새를 몹시 싫어한다. 하지만 어머니가 괜찮아하시니 어떤 말도 하지 않고 그저 참으면서 이동했다.

그런데 동생이 갑자기 나를 타이르듯 생뚱맞은 말을 했다. 내가 사촌 여동생 남편에 대해 험담하고 다닌다면서 그러지 말라고 했다. 너무나도 황당한 그의 말에 당황스러웠다. 나는 무슨 말을 하느냐며 화내고 싶었지만 어머니 때문에 참았다.

동생과 나는 성인이 돼서도 많이 다퉜었다. 그런 이유 가운데 하나는 어머니가 나에게만 잘해주신다는 생각을 동생이 갖고 있기 때문이었던 것 같았다.

실제로 어머니는 그런 면이 있었다. 그래서 아버지 생전에 동생은 어머니에게 소위 들이댄 적이 몇 번 있었다. 어머니가 나에게는 언제라도 내가 좋아하는 맥주를 사주시면서 자신에게는 소주 한 병 사주신 적이 없다며 아버지와 내 아내 앞에서 행패를 부렸었다. 또 한 번은 내가 아버지 집을 방문했었을 때 아버지께서 거실 천장에 구멍이 뚫린 것을 가리키시며 몹시 괴로워하셨다. 동생이 부모님의 편애가 못마땅하다며 의자를 들어 휘둘러 그렇게 되었다고 했다.

난 그런 소리를 듣거나 직접 목격을 했어도 인내하며 넘기기로 했다. 그것은 내가 경제적으로 힘들어 부모님을 찾아뵙지 못했을 때 동생이 보살펴드렸음에도 부모님이 나에게만 관심을 두신다는 생각에 순간적으로 감정이 치올라 그랬을 것이라고 동생을 이해했기 때문이었다.

과거에 동생과 좋지 않은 일이 있어서 만남을 피한 경우가 있었다. 하필 그 시기에 동생의 딸이 결혼을 하게 되었는데 동생이 나에게 알려주지 않아서 결혼식에 가지 않았었다. 그러다가 아버지가 뇌경색으로 병원에 입원하셨을 때 병원에서 만났더니 나에게 기분 나빠서 그랬는지 '너'라고 하면서 자신의 가족은 물론 사위와도 인사조차 못하게 하는 등 망신을 주었다.

난 모든 것을 인내했다. 어머니께서 편하게 생활하실 수만 있다면 과거 부모님 앞에서 다투었던 것과 같은 모습을 어머니 앞에서 다시는 보여드리지 않기 위해서 그런 것이었다.

아무쪼록 동생과 내가 잘 어울려 지내는 것을 어머니가 보시고 어머니의 상태가 더 좋아지신다면 좋겠다. 그리고 이렇게 마음에만 담아두었던 일들에 대한 감정을 글로나마 쏟아내니 좀 시원해졌다. 아울러 이참에 그동안 내가 동생의 감정을 상하게 했던 모든 일에 대하여 사과하고 싶다. 부디 어머니가 살아계시는 동안만큼이라도 함께 어머니가 편하시도록 애써주기를 바라며 동생 가정에도 행복이 가득하기를 기원한다.

안타까운
여동생

뇌경색으로 쓰러지신 아버지가 인천의 한 병원에 입원하시면서 나의 막냇동생이 아버지를 수발하게 되어 부모님의 은행 통장과 도장을 갖고 재정적인 일을 모두 맡아서 처리했다.

하지만 어머니께서는 아버지를 집에서 직접 돌보시겠다며 퇴원을 요구하셨다. 그리하여 아버지를 안중의 부모님 댁으로 옮겼다. 그러면서 막냇동생은 아버지를 안중에 있는 주간 보호센터에 보내게 되었다. 그런데 그것이 치매에 걸린 어머니가 요양 시설에 대한 부정적 생각을 가지시게 한 계기가 되고 말았다. 막 개업을 했다는 그 센터는 시설 면에서 부족했으며 어머니가 보시기에는 몇몇 노인들을 데려다 앉혀놓고 밥만 먹일 정도라고 생각하셨던 모양이었다.

어머니는 아침마다 집으로 아버지를 모시러 오는 요양보호사와 원장을 어느 날 갑자기 들어오지 못하게 하시면서 그곳과는 관계가 끊어지게 되었다. 그러면서 어머니는 아버지를 그런 곳에 보냈다며 막냇동생에게 심한 꾸지람을 하게 되었으며 그때 아버지께서 막냇동생으로부터 통장을 회수하셨고 그로 인해 막냇동생은 부모님을 보살피는 것에서 한 걸음 물러나게 되었다.

이후 여동생이 아버지 곁에 붙었다. 그녀는 약 10년 전 부모님이 자신의 사업을 위해 보증을 서주지 않았다는 것을 섭섭히 여기며 그동안 연락을 끊고 지냈었다. 그랬던 여동생이 막내로부터 아버지의 소식을 듣고 남편과 두 자녀와 함께 달려와 아버지가 애처롭다며 아양을 떨기까지 했다. 그러더니 자신이 아버지를 병간호하겠다면서 아버지의 동의 아래 아버지의 모든 은행 통장과 도장, 신분증 등을 관리하게 되었다.

당시 여동생은 무직이었으며 늦게나마 공장에 취업한 남편과 직장생활을 하는 두 남매와 함께 부천 시내에 있는 주상복합 아파트에서 고액의 월세로 살고 있었다.

그러면서 어느 날 아버지를 어머니에게 맡기지 않고 치료할 수 있다며 아버지를 부천의 요양병원으로 옮기는 일을 나에게 부탁했다. 그래서 난 그것이 잘된 것이라며 나의 승용차로 여동생과 함께 아버지를 우선 그녀의 집으로 모셨다.

그때부터 어머니의 치매는 어머니를 상상할 수 없을 만큼 나쁘게 바꿔놓았다. 다음날 아버지는 여동생에 의해 부천의 어느 요양병원으로 옮겨졌다. 그러자 어머니는 "요양병원은 죽을 사람들만이 가는 곳인데 아버지가 돌아가시기를 바라는 거야"라며 여동생을 나무랐다. 그리고 보증을 서주지 않았다고 10년 동안 연락도 없이 무심했던 여동생에게 은행 통장과 도장을 맡길 수 없다며 돌려달라고, 그곳에 오실 때마다 여동생과 한 달 가까이 싸우셨다.

그러자 여동생은 아무도 모르게 아버지를 재활 치료시키겠다며 부천의 또 다른 재활 요양병원으로 옮겼다. 그러나 그곳에서의 두 번째 날 밤 9시쯤에 아버지가 그곳의 간병인에게 화장실에 가시겠다고 도움을 요청했으나 그가 잠을 자는 바람에 혼자 가시려다 침대에서 떨어져 고관절이 부러지고 말았다.

그래서 또 다시 아버지를 이전에 입원 치료받았던 인천 소재의 병원으로 옮겨 수술을 받게 하셨건만 그날 밤 아버지가 요도에 부착했던 소변 줄을 뽑아냈다. 그리하여 다시 수술을 해야 했기에 인천의 다른 병원으로 이송되어 응급수술을 받는 등 별의별 어려움을 다 겪었다. 그 수술을 마친 날 밤에 아버지는 원래 입원했었던 병원으로 다시 옮겨지셨다.

그런데 고관절 수술 때문에 뇌경색 치료를 위한 약을 쓸 수가 없어서 약물 투입을 중지하자 아버지는 섬망이 나타나는 등 심한 치매증세에 빠지게 되셨다. 또한 간병인의 부축을 받아 화장실을 다니실 수 있었던 상태가 항상 누워계시며 대소변을 받아내는 상태로까지 악화하고 말았다.

아울러 어머니도 안중의 집에서부터 그 병원으로의 출퇴근이

다시 시작되셨는데 그러면서 어머니도 또한 그 병원에서 치매 진단을 받고 약 복용을 처방받았다. 그러나 어머니는 생사람을 환자로 만든다며 모든 약을 버리고 치료받기를 거절하신 채 자식들도 점점 멀리하시기 시작했다.

다시 한 달 정도가 지나자 어머니는 불쌍한 아버지를 직접 보살핀다며 간병인은 물론 간호사들도 못마땅하게 여겼다. 그러면서 상상도 못할 주장과 욕으로 모두를 힘들게 만들었다. 병원에서는 바싹 말라 휘청거리는 어머니를 보고 "저러시다가 어머니에게 무슨 일 나겠어요."라며 어머니를 돌봐드릴 것을 강력히 요청하기도 했는데 어머니는 아버지를 안중의 집 근처 병원으로 옮겨달라는 것과 여동생에게 아버지의 통장과 도장을 돌려받기만을 계속 요구하셨다.

나는 바로 아래 동생과 함께 아버지를 안중의 병원으로 옮기기로 결정하고 여동생에게 아버지의 통장과 도장, 신분증 등을 어머니께 돌려드릴 것을 요청했다. 그러나 여동생은 그 돈은 아버지가 자신에게 준 것이라며 돌려줄 수 없다고 하면서 돌려주기를 원하는 나에게 천벌을 받을 것이라고 했다.

아래 동생과 나는 즉시 아버지와 어머니를 모시고 안중으로 향했다. 그리고 그곳의 읍사무소에서 아버지의 주민등록증을 새로 신청하고 임시 신분증으로 각각의 은행을 돌아다니면서 모든 통장을 새로 발급받아 어머니께 돌려드리며 여동생과 화해할 것을 부탁했다.

그러나 여동생은 우리가 아버지를 안중의 병원으로 옮기면서 우리 모두를 떠났다. 그리고 아버지는 어머니의 고집으로 집과 요양병원, 공동생활가정 등을 번갈아 옮겨 다니시다 돌아가시고 말았다.

아버지 장례에도 여동생은 오지 않았다. 대신 그녀의 남편과 두 자녀들만이 왔는데 그녀의 아들이 부조금 받는 역할을 하겠다더니 부조금을 빼돌린 일이 발생하면서 그들은 모두 경계 대상이 되었다. 그런데 어느 날 어머니의 통장에서 2천2백만 원이라는 돈이 여동생의 통장으로 넘어간 사건이 발생했다. 나중에 확인해보니 여동생이 평일에 자녀들과 어머니 댁에 왔다가 어머니가 계시지 않으니까 서랍을 뒤져 통장을 가지고 은행의 현금자동입출금기에서 돈을 빼냈던 것이었다.

기가 막힐 노릇이었다. 그 돈은 어머니의 상가 임대료 수입금으로써 어머니는 그 돈으로 생활하시는데 어머니도 모르게 그 돈을 빼내 간 것이었다. 동생과 나는 자식으로서 어찌 그럴 수 있냐며 황당해하는 도중 여동생의 계획을 알게 되어 어머니 집과 상가가 매매될 수 없도록 조처를 했다.

그리고 어머니께 그 내용을 알려드렸더니 당장은 화를 내시더니 금방 까먹으셨다. 아니 어쩌면 모르는 척 하시는지도 모르겠다. 이후에 평일에만 찾아오는 여동생과 자녀들은 무슨 꿍꿍이를 가지고 어머니를 조르는 모양이었다. 그들만 다녀갔다 하면 어머니가 모든 기운을 잃으시고 힘들어하셨다.

우리 3형제는 아버지가 병원에 계셨을 때 여동생의 생활이 어려우니 도와주자는 의견에도 일치했었다. 그런데 그녀는 우리 생각과는 달리 아버지 간호를 하겠다며 아버지의 모든 재산을 차지할 계획으로 우리의 제안을 거절했다. 그렇지만 어머니의 치매에 따른 고집으로 뜻을 이루지 못하자 아버지가 돌아가신 후 새로운 방법을 어머니께 강구하는 모양이다.

불쌍하신 어머니!

재산이 많지 않은데도 불구하고 어찌 그런 상황을 맞으셔야 하는지 너무나 슬프다. 아울러 여동생과 그녀의 가족은 왜 그렇게만 살아야 하는지 안타깝기만 하다.

엄마가 가장
사랑하는 막내

"요즘 막내에게서 전화가 없는 거 같은데, 무슨 일이 있는지 모르겠다."

내가 어머니를 찾을 때마다 어머니가 하시는 말씀인데 다 믿지는 않는다. 그러면서 도리어 내가 넘겨짚으며 묻는다.

"엊그제 전화 왔었다고 하지 않았나요?"

그러면 어머니는 영락없이 반응하시는 말씀이 있다.

"그랬나. 내가 왜 이렇게 깜빡이는지 모르겠네."

내가 알기로 막내는 매일 아침에 어머니께 안부 전화를 한다. 그러면서 어머니께 살갑게 얘기를 나누는데 예전에 나에게도 전화할 때 그랬었다.

지금은 비록 여러 가지 사연을 겪으며 내가 변했고 또한 내가 막내를 변하게 만들었지만 막내가 중학교에 다닐 때 나에게 영어를 배우면서 익혔던 문장이나 내가 대학가요제에 나간다고 작사 작곡한 노래를 연습할 때 듣고 배운 그 노래를 많은 시간이 흘렀음에도 잘 기억하여 읊어대거나 부르곤 했었다.

나는 사회생활을 하면서 형이 있었다면 좋았을 것이라는 생각을 많이 했었다. 살아가면서 부딪히는 많은 문제들에 대해 상담하기 위해서도 그랬었고 어떤 일을 하기 위한 판단에도 도움을 받을 수 있었을 것이며 특히 실패했을 때 위로받을 수 있어서 좋았을 것 같았다.

그런 면을 볼 때 나도 막내에게 그런 대상이 될 수 있었을 것이다. 그러나 나는 그렇지 못했다. 난 이기적이고 배려가 없었으며 막내를 무시하기까지 했었다. 내가 만일 막내를 동등한 인격체로 대하면서 잘 이끌어갔었다면 막내는 나의 가족은 물론이 나라의 발전을 위해서도 큰 역할을 할 수 있었을 것이라고 장담할 수 있다.

막내가 실패했었을 때 적극 보듬어주면서 용기를 주었다면 그 실패가 약이 되어 스스로 성장해가는 큰 인물이 되었을 텐데 나는 쓰러져있는 그를 그만 짓밟아버리고 말았었다. 그것이 너무도 후회된다. 그러나 막내에 대한 그런 회한도 얼마 전에야 가질 수 있었다. 아버지가 병상에 계셨던 어느 날, 수업을 마치고 귀가하는 중에 막내로부터의 전화를 받았다.

"형, 나는 예전의 막내가 아니어요. 많이 변하고 성장했어요. 그러니 저를 예전처럼 보지 말아요."

나와 여덟 살 차이인 막내가 예상치도 못했던 전화로 들려준 그 말에 난 막내에 대해서는 물론 내 인생 전반에 대하여 많은 후회와 더불어 반성을 했다. 그리고 그런 말을 하겠다고 결심을 하여 전화했을 막내의 모습을 생각했다. 막내는 나와 마주하며 지내는 것이 무척 껄끄러웠을 것이다.

아버지가 나에게 하셨던 것처럼 나는 막내에게 그렇게 해왔는지도 모른다. 난 아버지가 나를 무조건 꾸짖고 무시하기만 했다고 생각하면서 그런 아버지와 마주치기를 원하지 않았었다. 아버지와 나와의 관계가 그렇게 됐었던 것처럼 내가 막내에게 그렇게 했고 막내 역시 내가 아버지를 대했던 것처럼 나를 그렇게 대했던 것 같았다.

살아가면서 사람을 만날 때 미안함을 느끼며 가능하면 자주 만나지 않기를 바라는 사람들이 있듯이 나도 막내가 생각하는 그런 사람들 가운데 한 사람이 될 것이라고 여기며 막내와 만날 기회를 피해 막내가 편한 마음을 가질 수 있도록 해주고 싶다.

내가 어머니 댁을 방문할 때면 어머니는 소파에 앉아 꼭 막내 얘기를 하신다. 막내가 요즘 소식이 없다는 말을 시작으로 막내가 가장 잘 한다면서 옛날이야기도 하신다.

막내는 멋을 알고 가족들에게 베풀기도 잘했다고 말씀하신다. 그러면서 제물포에 살 때 가족들의 기쁨을 위해 LA갈비를 사 와서 파티도 잘 열었고 아버지의 기분을 위해 승용차를 사드리는 마음도 있는 등 가장 부모를 많이 생각하는 아들이라고 하셨다. 그러면서 사실은 막내라서가 아니라 가장 사랑스러운 아들이라고 덧붙이셨다.

나도 사실 막내 덕분에 LA갈비라는 것을 알게 되었고 유명 메이커 의류라는 것도 인지하게 되었었다. 그런 막내가 잘 성장하도록 도왔다면 관용과 멋을 아는 막내를 통해 우리 집안 분위기와 생활이 달라져 행복이 넘쳐났을 것이다.

막내는 지금도 어머니께 잘하고 있다. 어쩌면 오히려 나 때문에 더 잘할 수 있는 기회를 갖지 못하는지도 모르겠다. 막내가 어머니를 많이 보살펴드리고 어머니와 마음속 깊은 사랑을 주고받을 수 있도록 더 많은 기회를 열어주고 싶다.

그렇게 되면 어머니도 막내에게 보여주지 못했던 사랑을 모두 부어주실 수 있을 것이다. 그리고 막내 또한 어머니가 돌아가시더라도 아버지가 돌아가셨을 때처럼 그렇게 서글퍼 울지 않을 것이다. 어머니를 충분히 사랑했기 때문에.

며느리
도리로서

나와 아내는 적어도 2주일에 한 번 어머니 댁을 방문한다.

치매 때문에 상황판단을 잘 못 하시는 어머니께서 식사와 약을 잘 드시고 있는지 확인할 겸 아내가 마련한 음식을 전해드리기 위해서다.

그런데 꼭 어머니를 뵙는 것은 아내의 뜻 때문에 그런 경우가 더 많다. 아내는 쉬는 날에 어머니를 찾아뵙지 않으면 불안하고 뭔가 빼먹은 것 같아서 오히려 다가오는 한 주의 일들이 잘 풀리지 않는다고 말한다.

아내는 산모 도우미 일을 하면서 몹시 힘들기도 하지만 출근하기 전에 어머니께 전화하는 것으로 하루 일과를 시작한다. 1주일이나 2주일 또는 3주일을 주기로 새로운 산모의 집을 찾아가 산모의 수발을 드는데 무엇보다도 산모의 비위를 맞추기가 쉽지 않을 것이다. 다음으로 아기에게 수유하는 것과 아기 기저귀 갈이, 목욕시키기 그리고 산모의 음식을 챙겨주는 것 등 정신적이고 육체적인 일들을 하느라고 힘들어하는 경우가 많다. 그런데도 쉬는 날이면 어머니 댁에 가기 위해 음식을 장만하느라고 정성을 다한다.

하지만 그렇게 하면서도 불평하지 않는다. 그러면서 하는 말이 있다.

"난 며느리 도리로서 하는 겁니다. 성씨 집안에 들어와 자식이 되었으니 그렇게 하는 것이 당연하기에 하는 것입니다. 그렇게 한다면 어머니가 돌아가시더라도 후회 없이 떳떳하게 보내드릴 수 있을 것 같답니다."

딱 맞는 말이다.

어쨌든 그런 아내에게 고맙고 미안하기만 하다.

다행히 어머니는 나의 아내를 좋아하신다. 그래서 그런지 어머니가 아내를 대하는 것이 무척 편하고 다정다감하다. 간혹 치매 기운에 분위기를 싸늘하게 만드시는 경우도 있지만 그러셨다가도 금방 정신을 차리시고 좋게 지내실 수 있도록 애쓰신다는 것을 느낄 수 있다.

아버지도 생전에 아내를 인정하셨다. 말은 많지만 틀린 얘기는 하지 않는다며 언제나 반갑게 맞아주셨고 좋아해 주셨다. 어머니는 아내에게 잘난척한다는 말씀은 하셨지만 헤어질 때면 눈물을 글썽이시며 앞으로 이틀간은 혼자 지내기가 힘들겠다고 하신다.

아내는 이런 이별에 가슴 아파하며 저지르자고 한다.

우리 집 근처에 월세라도 얻어서 어머니를 모셔오자고 한다.

말은 너무 예쁘지만 쉬운 일이 아니다. 형제들이 있기 때문에 이후에 벌어질 일들을 생각해야 하기 때문이다.

하지만 나도 아내의 말처럼 결정할 수 있는 그날을 준비하고 있다. 다만 그런 결정에 따라 어머니와 우리 그리고 형제들도 모두 지금보다는 나아지는 것이 전제조건이 되어야만 한다.

아내를 잘 만나야 아들이 철든다는 말이 떠오른다.

어쩌면 어머니가 그 말씀을 생각하고 계신지도 모른다.

제정신으로 살다 가고 싶다

맛있는
연시

2020년 10월 31일 토요일 아침에 어머니와 함께 먹었던 연시가 그렇게 맛이 좋았다.

항상 그러했듯이 금요일 밤에 수업을 마치고 아내와 함께 어머니 댁에 갔다. 그러나 밤이 늦어 아무것도 사 가지 못했기에 다음 날 아침에 일찍 어머니 동네에 있는 지하 마트에 갔다. 연시를 사기 위해서였다.

나의 영어 교습소가 위치한 인천여상 인근의 대형마트에 갔을 때 혹시 연시가 나왔을지도 모른다는 생각으로 둘러보았다. 10월 중순에 접어들면서 이미 단감이 팔리고 있었기 때문에 틀림없이 연시가 있을 거라고 확신했다. 그랬더니 먹음직스럽게 보이는 꿀맛을 풍기는 연시가 날 좀 사가세요 하는 잘생긴 모습으로 펑퍼짐하게 앉아있었다.

내가 연시를 사려는 이유는 어머니께 드리기 위해서였다. 그런 생각을 했기 때문이었는지 마음이 흐뭇했으며 빨리 금요일 밤이 되어 어머니 댁에 가기를 기다렸다.

"3년이나 기다렸던 너를 가졌을 때 꿈에서 연시가 머리맡에 있기에 손을 뻗었지만 연시가 없어서 못 먹었는데 그래서 네 눈이 짝짝이가 되었나 보다!"

어머니는 내가 어렸을 때 쌍꺼풀이 짝짝이였던 나의 눈을 들여다보시면서 그런 말씀을 하셨다. 하지만 난 그 말씀을 듣고도 어떤 생각도 갖지 못했었으며 그저 내 눈이 짝짝이인 이유는 그래서 그랬다는 정도로만 알고 지나갔었다.

이후에도 어머니는 연시를 보시면 내 눈이 짝짝이가 된 이유에 대해 말씀하시곤 했는데 난 여전히 그렇다는 사실만을 알 뿐이지 연시에 대해서는 관심조차 두지 않았었다.

그리고 어느 날 우연히 가수 나훈아 씨의 노래 '홍시'를 듣게 되었다. 그러나 그때도 어머니가 하셨던 연시와 내 짝짝이 눈과 관련된 어머니의 이야기만 떠올렸지 어머니가 연시를 좋아하신다는 생각은 하지 못했었다.

그렇게만 지내던 2019년 6월에 90세이셨던 아버지가 뇌경색을 앓다가 돌아가신 뒤 아내와 나는 두 주에 한 번 정도 어머니를 찾아뵈면서 2020년 봄을 맞았다. 그때 우연히 TV에서 아마추어 여성 가수들이 '홍시'를 부르자 방청객들이 눈물을 흘리는 것을 보았다. 그제야 나는 어머니가 나를 임신했을 때 꿈속에서 연시를 먹고 싶었다고 하신 말씀에는 어머니가 연시를 좋아하신다는 뜻이 담겨있다는 것을 깨달았다.

내가 음력 5월에 출생했으니까 어머니는 늦여름쯤에 나를 가지셨을 테고 가을이 되니 연시가 떠올랐을 것이다. 어머니는 서산 음암면에서 태어나 자라셨기 때문에 가을이면 접할 수 있었던 과일은 감과 연시밖에 없었을 것이다. 하지만 결혼 후 아버지와 인천에서 어렵게 생활하셨기에 임신을 했어도 다른 과일들은 생각도 못하셨을 것이고 오직 어린 시절의 연시만을 떠올리셨을 것 같다.

사실 난 흐물흐물한 연시를 별로 좋아하지 않는다. 대신에 딱딱한 단감을 좋아하는데 그것에 대해 주변 사람들은 내가 건강하기 때문에 그렇다고 말하면서 꿀맛 같은 연시도 먹어보라고 했었다. 그래도 먹지 않았던 연시였는데 어머니가 좋아하시기에 어머니와 함께 연시를 먹을 때를 기다려왔다.

그래서 어머니 집에 연시를 사 가려 했으나 밤늦게 도착하느라 연시를 사지 못해서 얼른 아침이 오기를 기다렸다가 지하 마트가 문을 여는 아침 7시에 달려 나갔다.

그리고 그 마트에는 나의 영어 교습소가 있는 대형마트에서 팔았던 연시보다 더 보기 좋은 연시가 선물용 상자에 담겨있었기에 기쁜 마음으로 한 상자를 사 왔다.

어머니는 큰 연시 하나를 다 잡수셨다. 나는 그 모습을 바라보며 큰 기쁨을 느낄 수 있었다. 그것은 아마 내가 어렸을 때 어머니가 나를 바라보시며 느끼셨던 그런 마음과 같은 것이었을 것이다.

하지만 어머니와 나와의 상황은 다르다. 어머니는 자라나는 나를 보시는 기쁨에서였을 테지만 나는 약해지는 어머니의 건강에 대한 안타까움이 있었기 때문이다.

어머니는 치아가 좋지 않아 조금이라도 딱딱한 음식은 씹지 못하신다. 그러니 그런 추억의 연시가 이제는 어머니의 건강을 유지할 수 있는 안성맞춤의 식품이 되었다.

어머니가 연시를 맛있게 드시면서 겨울을 지나시도록 할 것이다. 감에는 비타민 C도 많고 세포의 노화 작용을 막는 성분도 있다고 하니 그렇게 한다면 봄에 뵙는 어머니는 한층 더 좋아 보이실 것이다.

그러기 위해 감나무에서 자연스럽게 익은 홍시를 마련해드린다면 좋겠는데 그것은 말만큼 쉽지 않을 것이다. 그래서 한 박스의 맛있는 감을 사다가 연화제를 사용하거나 쪼갠 사과와 함께 3일 정도 익힌 다음 반시 정도가 되었을 때 냉장고에 넣어둘 것이다. 그러면서 어머니 댁에 갈 때마다 몇 개씩만 가져다드리면 어머니는 겨우내 마치 나무에서 자연스럽게 익은 홍시와 같은 연시를 드실 수 있을 것이다.

어머니께서 나를 임신하시고 그렇게 드시고 싶어 하셨다던 연시였건만 아들인 나는 너무도 무관심했었다. 늦게나마 그것을 깨닫고 연시를 마련해드리면서 감에 대한 추억을 간직하게 되었다. 그 추억을 위해 감나무가 심어진 마당이 있는 집에 살면서 어머니를 기억하고 싶다.

새해 소망

2021년 새해 아침 일찍 어머니께 전화를 걸었다. 다른 해 같았으면 전날 밤늦게라도 어머니 댁에 가서 함께 새해를 맞았을 텐데 올해는 코로나바이러스 때문에 꼼짝달싹 못하고 그저 나의 집에서 새해를 맞으며 매일 아침 그렇게 했듯이 전화만 드리게 되었다.

그래도 새해 아침이니까 평소와는 다른 마음으로 새해 인사를 드리면서 새해를 인지시켜드리고 싶었다. 그리고 또한 어머니의 덕담도 기대했었다.

"어머니 새해 아침입니다. 올해는 어머니께 좋은 일들이 많이 있었으면 좋겠어요. 어머니가 바라는 일들과 저에게도 이뤄졌으면 하는 것들을 말씀해보세요"

나는 어머니의 기분을 좋게 만들어드리겠다는 마음으로 힘이 들어간 상기된 목소리로 진심을 담아 정성스럽게 말했다.

"건강이 최고야, 건강해야 밥 벌어 먹고살 수 있잖니? 학생들은 몇이나 되니? 학생들 많이 가르치기를 바란다. 나는 살 만큼 살았으니 얼른 죽었으면 좋겠다."

그 말씀에 내가 새해 아침을 맞아 상기되었던 기분과 그 기분을 유지하려던 마음이 조금 일그러지는 것 같았다. 어머니는 마치 시간과 세상의 변화에 초월한 사람처럼 무엇에도 관심을 기울이시지 않거나 재미도 없으신가 보다. 하지만 나는 그런 어머니의 마음이 바뀌도록 흔들어 놓고 싶었다.

"어머니, 올해엔 좋은 일들이 많이 있을 거예요. 저에게 새로운 일이 생길 거고 우리가 들어가 살게 될 아파트 건축도 시작될 거예요. 어머니가 건강하셔야 그곳에서 함께 살지요."

어머니는 그런 말에도 변화가 없었다. 상대의 말에 동요된다는 것이 사라졌다. 오직 남아있는 기억 속의 말씀만 하시려고 했다. 내가 아무리 다른 말을 불러내려고 유도해도 그냥 그대로이셨다. 그래도 내가 계속했다면 어머니는 아마 얼굴을 일그러트리며 짜증을 내셨을 것이다.

나는 얼른 현실적인 주제로 말을 바꿨다.

"어머니, 밖에 눈이 왔나요?"

"나가보지 않아서 모르겠네."

나는 말의 끈을 놓고 싶지 않아서 창밖을 내다보시라고 했다.

"응, 눈이 왔네."

그렇게 대답하셨지만 말씀하시는 분위기는 전혀 바뀌지 않았다. 하지만 그래도 기분이 좋아지시게 하려고 어머니 말씀의 꼬리를 물며 계속 여쭈었다.

"날씨는 춥지만 새해 아침에 눈이 왔으니까 좋은 일들이 많이 생길 거예요?"

"무슨 상관있어. 빨리 죽었으면 좋겠다."

그러시면서 전화를 그냥 끊으셨다.

그런 어머니 때문에 나는 잠시 멍해졌다.

어머니는 아마 날씨 때문에 더 우울해지셨던 모양이다. 평소에도 아침에 일어나시자마자 소파에 앉아 아버지 사진을 바라보시며 그렇게 하신다는데 어쩌면 새해 아침이란 것을 알고 계시면서 특히 새해의 소원으로 그렇게 말씀하셨을 것이다.

"새해 소원입니다. 나 좀 빨리 데려가 주시오!"

하지만 어머니께 새로운 어떤 일이 생긴다면 그런 말이 소원이 되지 않을 것이다. 그놈의 코로나 때문에 밖에 나가서 동네 분들과도 어울리시지 못하고 집에만 계시는데 TV에서도 맨 코로나 얘기만 나오니 어머니가 더 우울해지신 것 같다.

2021년 2월 26일부터 코로나 예방 주사를 맞기 시작했으니 얼마 있으면 코로나바이러스가 사라질 것이다. 어머니가 우선 그때까지 잘 넘기시기 바라며 그런 다음 어머니가 동네 사람들과 어울려 바깥 활동을 하시면서 앞으로의 소원 역시 바뀌기를 기대한다.

PART

3

치매에 안 걸리려고

생활습관
개선

비록 어머니가 치매를 앓고 있지만 만일 내가 40대 정도였다면 치매 유전에 대해 그리 크게 신경 쓰지 않았을지도 모른다. 또한 치매에 대한 이야기들이 지금처럼 그렇게 많이 전해졌어도 치매를 심각하게 여기지 않았을지도 모른다.

연구에 따르면 우리나라에서 만 65세 이상의 인구 가운데 10명 중 1명이 치매를 앓고 있다고 한다. 그리고 부모 중 한 명이 알츠하이머 환자라면 자녀들의 발생 가능성은 5% 이내로 추정된다고 한다.

이와 같은 연구내용을 접하게 되니 어머니가 치매를 앓고 있고 내 나이 66세가 되니 치매를 민감하게 받아들일 수밖에 없다. 그런 데다가 치매를 소재로 한 TV 드라마가 연이어 방영되고 있으며 치매와 관련된 사회적 뉴스마저 심심치 않게 전해지니 치매에 대해 더욱 더 불안해진다. 그래서 치매에 걸리지 않도록 예방할 수 있는 방법을 찾아 실천하기 시작했다.

그런데 조금은 안심할 수 있는 연구도 발표되었다. 치매에 걸린 어머니의 유전자를 가지고 있더라도 치매에 걸리지 않을 수 있다는 연구내용을 영국 엑시터(Exeter) 의대의 데이비드 레웰린 신경역학 교수 연구팀이 발표했다. 그들에 따르면 60세 이상 남녀 19만 6천383명을 대상으로 8년 동안 치매 발병과 생활양식의 연관성에 관해 연구한 결과 치매 가족력이 있더라도 생활습관을 개선하면 치매 발생을 3분의 1 수준으로 낮출 수 있단다.

이 연구의 결과는 2019년 국제학술지 미국의학협회저널 온라인 판에 게재되었는데 "유전 요인은 치매의 위험을 증가시키지만 건강한 생활습관을 유지하면 그렇지 못한 사람보다 치매 발병 위험이 32% 감소한다."라는 통계적 증거를 제시했다. 연구진은 대상자 중 1,000명당 18명 정도가 치매 가족력이 있으며 건강하지 못한 생활습관을 갖고 있다고 했다. 그리하여 치매 발병 위험이 높다고 판단한 고위험군 대상자에게 건강한 생활습관을 갖게 하고 8년 뒤 치매 발병 위험을 조사했더니 1,000명당 11명 정도로 줄었다고 했다.

한편 연구진이 치매를 예방하기 위해 제시한 건강한 생활습관은 금연과 일주일에 두 시간 반 이상의 운동이며 음주는 남성은 하루 맥주 두 잔, 여성은 한 잔 이하, 식생활에서 하루에 세 차례 이상 과일과 채소를 먹고 생선은 일주일에 두 번 이상 그리고 가공육과 붉은 살코기는 1.5회 이하로 먹는 것과 흰쌀보다는 통합 곡물의 섭취이다.

연구진은 60대 중반이 치매에 관해서는 아직 상대적으로 젊은 나이라면서 이때 갖는 작은 습관의 변화는 80대 이상에서 더 큰 차이를 만들어낼 수 있다고 했다.

그러므로 치매 가족력이 있더라도 두려워하지 말고 생활습관을 개선하면 충분히 치매 발생을 억제할 수 있다고 한다.

나는 이 연구결과를 절대적으로 신뢰하며 어머니처럼 되지 않으려고 어머니를 반면교사로 삼고 생활습관을 개선하며 매 순간 치매 유발과 관계되는 것들로부터 멀리하고 있다.

아울러 내가 아무리 유전적 치매를 염려한다고 해도 결국 치매란 일반적으로 뇌의 혈관이 막히거나 터지면서 이어지는 혈관성이 대부분이라고 하니 그렇게 되지 않도록 고혈압이나 당뇨 또는 스트레스 유발에도 유의하고 있다.

암기력
키우기

　영어를 가르치기 시작한 지 19년째가 되면서 많은 영어 어휘들을 알게 되었지만 나이 또한 늘어나면서 까먹는 것들도 많아지자 치매라는 것을 두려워하게 되었다. 특히 치매에 대하여 공포감까지 갖게 된 것은 어머니가 치매에 걸려있으시기 때문인데 유전적인 면을 고려하지 않을 수 없다.

　어머니 모습을 볼 때마다 오만가지 생각이 드는데 그 생각은 결국 치매에 걸리지 않기 위한 방법에 다다르며 치매를 예방할 수 있다면 무엇이든지 해보겠다는 마음마저 생겨난다.

　텔레비전을 비롯한 신문과 인터넷 등에서 치매 예방을 위한 많은 방법들을 소개하고 있는데 그런 것들을 유심히 들여다보지 않을 수 없다.

규칙적인 운동을 하라.

담배를 끊어라.

술을 줄여라.

우울증과 스트레스를 줄여라.

많이 웃어라.

뇌를 많이 사용하라.

손을 많이 써라.

난 이런 것들을 이미 적극적으로 실행하고 있는데 이밖에 어떤 새로운 방법이 나타난다면 그것 역시 적극적으로 취할 것이다. 난 내가 생각하기에도 치매에 대한 거부감이 상당히 강하다는 것을 인정한다. 그런데 그런 모든 것은 어머니로부터 기인한 것으로써 어머니가 불쌍하지만 치매에 대한 경각심을 갖게 해 주셔서 고맙기도 하다.

요즘 코로나 백신 개발에 전 세계인이 관심을 두고 있는데 만일 치매 백신이 생긴다면 아무리 비싼 비용이 들더라도 무엇보다도 우선 그 백신을 맞을 것이다. 나에게 치매 백신은 코로나 백신보다 훨씬 더 중요하게 다가올 것이다.

얼른 치매 백신이 나오기를 간절히 기대하면서 그 백신이 나올 때까지 치매를 예방하기 위해 눈만 뜨면 하는 방법이 있다. 나는 영어와 중국어를 할 수 있는데 영어와 중국어 공부가 나에게 치매 예방의 방법으로 사용되고 있다. 그 방법은 영어와 중국어 단어를 생각해 내며 외우기 위해 휴대전화를 사용하는 것이다. 그래서 내 휴대전화의 사전은 종이로 만든 사전으로 친다면 닳아서 잘 보이지 않을 정도가 될 수 있을 것이다. 잠결에도 어떤 단어가 떠올랐는데 그 단어의 뜻이 떠오르지 않으면 한참을 생각하다가 벌떡 일어나 휴대전화의 사전을 들여다보며 외우고 또 외운다.

그런데 그렇게 하다 보니 재미있는 게임을 떠올리게 되었다.

컴퓨터 게임 중에 화면의 꼭대기로부터 일정한 시간을 두고 벽돌이 떨어져 공간을 메우는 것인 아주 오래된 게임이 있다. 그리고 또한 총알이나 폭탄이 아래로 떨어져 바닥에 놓인 이동 물체를 맞히는 게임도 있다.

그런 방식으로 알파벳이나 영어 단어 또는 우리글을 화면의 꼭대기에서부터 떨어트려 바닥의 문장이나 단어와 결합시킨다거나 의미가 일치되게 만드는 게임을 만드는 것이다.

그렇게 한다면 치매 예방에 좋을 뿐만 아니라 학생들의 어학 공부에도 큰 도움이 될 수 있을 것으로 본다.

아는 것
늘리기

"넌 골치 아프게 아직도 뭘 그렇게 많이 알려고 하니?"

중학교 시절부터의 친구가 나에게 했던 말이다. 그와 나는 같은 고등학교를 다닐 때까지 거의 붙어 다니다시피 했었지만 고등학교를 졸업한 이래 서로 다른 대학교를 다녔거나 사회에 서도 다른 분야의 일을 했었기 때문에 만날 기회가 그리 많지 않았었다. 하지만 어쩌다 만날 때마다 그는 내가 방송사 프로듀서를 하면서 세상사를 많이 알아내어 알려주는 것이 좋아 보였다고 했었다.

그러나 그랬었던 그도 내가 방송사를 떠나자 방송 시·청취와 멀어졌고 그저 자기 일에만 열중하며 살아왔다고 했었다.

그는 나의 변화에 대하여 많은 관심을 두고 있었기에 나의 변화에 대해서도 많이 알고 있었다. 어느 날 그는 그가 나를 처음

보았을 때부터 지금까지의 변화에 대해 느꼈던 것을 말해준 적이 있었다.

"넌 중·고등학교 시절에 무척 순진했었는데 방송인으로 사회활동하는 것을 보니 많이 발전했어!"

그는 내가 특히 세상사를 많이 알고 있고 또한 알려고 하는 것이 무척 부러웠다고 말했었다.

나는 방송을 하던 당시에 방송이 잡학이라고 하듯이 세상사에 대하여 이것저것 조금씩 알았었다. 그러면서 어떤 때에는 '이걸 모르고 살았다면 어땠을까?'라고 할 정도로 모르는 것에 대한 두려움마저 있었다. 아마 지금도 많은 것에 관심을 두고 알고 싶어 하는 것은 방송을 했던 당시에 형성된 그런 사고방식이 습관이 되었기 때문인 것 같다.

나는 내가 생각하기에도 세상의 많은 것에 대해 관심이 많다. 그래서 죽을 때까지 어떤 분야라든지 전혀 모른다는 것이 없도록 그저 상식적인 만큼이라도 알고 싶다.

나의 첫 번째 생활방식은 모든 뉴스를 접하는 것이다. 그러면서 그 뉴스의 근원과 향후 해결책까지도 가늠해본다. 특히 국제뉴스의 경우 그 뉴스와 관련된 역사적 사실까지도 알아보고 특히 그 뉴스의 현장을 직접 방문해보고 싶기도 하다.

그래서 그런지 나는 그냥 멈춰있는 것을 별로 좋아하지 않는다. 다시 말해서 변화를 좋아하는데 그런 변화가 나에게만 국한되는 것이 아니라 내 주변 사람이나 환경도 변화되기를 바라며 그런 변화에 대해 많은 흥미와 관심을 두고 있다.

나는 출근하는 방법이나 영어를 가르치는 방법도 바꿔본다. 또한 어떤 물건을 사용할 때는 이 물건이 꼭 이렇게만 돼야 했었는지를 생각한다.

그래서 출근할 때는 승용차보다는 전철과 버스를 이용하는 것을 좋아하며 걸을 때는 비록 돌아가더라도 오랜만의 길을 걸으면서 주변 환경의 변화를 즐긴다. 그럼으로써 주변이 어떻게 변했고 어떤 상점들이 어디에 있는지를 잘 알고 있다. 또한 영어를 가르칠 때도 방법을 자주 바꿈으로써 학생들이 새로움을 느끼며 집중력도 높일 수 있게끔 유도한다. 그리고 생활용품에 대해서는 좀 더 편리하고 나은 점을 찾아보는 것이 재미있는데 그렇게 함으로써 여러 분야에 걸친 실용신안도 가지고 있다.

앞으로의 계획이라면 그런 나의 생활방식을 국제적으로 옮기고 싶다. 직접 전 세계를 돌아다니며 세상의 변화를 체감하고 다른 사람들에게 알려주고 싶은데 특히 학생들과 동반하여 그들이 그런 것을 느낄 수 있게 해주고 싶다.

이것이 나의 친구가, "넌 골치 아프게 아직도 뭘 그렇게 많이 알려고 하니?"라는 질문에 대한 답이다. 그런데 그 답에 덧붙여 더 중요한 것은 치매에 걸리지 않으려고 그러는 것이다.

서양의 의학자가 말하길, 생각이라는 것을 머리에 담아만 두고 있으면 그 생각이 잘못하다가는 망상으로 변할 수 있다고 한다. 그러나 그 생각을 밖으로 표출하면서 남의 비판이나 칭찬을 받는 등의 과정을 갖게 되면 뇌세포가 활성화되어 치매에 걸릴 확률이 낮아진다고 한다. 그래서 전화로 지인들과 잡담하는 것이 운동하는 것보다 건강지수를 높인다고 하는데 그 건강이 바로 치매를 예방할 수 있는 방법이 될 수도 있다.

그렇기 때문에 나도 많은 것을 보거나 듣고 읽으며 다른 사람들과 그런 것들에 대하여 대화하는 습관을 지니게 되었다.

현실에
적응하기

가전제품을 비롯한 세상의 생활기기들이 디지털 방식이 되면서 주로 나이 든 사람들이 그런 것들의 사용이 복잡하다며 힘들어한다. 그들은 예전 방식의 제품들을 사용하려 했지만 그런 제품들은 이미 사라져버렸다. 그러자 갈림길에 서게 되었는데 하나의 길은 제품사용을 아예 중단하는 것이었고 다른 하나의 길은 그 제품의 사용방법을 익혀서 사용하는 것이었다.

그러면서 처음엔 그런 변화에 부정적인 생각과 함께 불만이 많았었는데 시간이 갈수록 새로운 유형의 제품들에 대하여 점점 더 매료되어갔다. 그 이유는 새로운 유형의 제품에 대하여 알려고 노력을 기울여 익혀놓기만 하면 그것을 사용하는 것이 예전 방식의 제품보다 훨씬 더 편리하고 즐겁다는 것을 알게 되었기 때문이었다.

그 대표적인 생활기기들 가운데 하나가 휴대전화다. 지하철을 비롯한 대중교통을 이용할 때나 심지어 공원과 산에서도 나이 든 사람들이 유튜브 방송 등을 즐기면서 목소리를 높인다. 그것이 바로 세상의 변화에 긍정적으로 순응하면서 얻게 되는 낙(樂)이다.

그런 현상은 사회적 변화에 의해 형성된 것이지만 자기 자신에 의해 능동적으로 만들어가는 변화도 있다. 그것은 새로운 어떤 것을 받아들이거나 자신의 고정관념을 깸으로써 생기는 것인데 그럼으로써 찾아온 변화에 감격하거나 희열을 느끼는 사람들을 종종 볼 수 있다.

내가 아는 어떤 나이 드신 분은 우연한 기회에 스포츠댄스를 배운 뒤 몸의 건강은 물론 정신적으로도 밝고, 명랑해져서 그의 주변 사람들이 오히려 더 즐거워하더라고 말했다. 하지만 스포츠댄스를 잘 몰랐을 때는 늙은 남녀가 어울려 춤추는 것에 대한 강한 거부감을 갖고 심지어 춤추는 사람들을 천하게 보기까지 했었다고 했다. 그런데 막상 자신이 해보니 그것이 아니었다며 보통 즐거워하는 것이 아니었다. 그것이 또한 개인이 만들어가는 변화의 기쁨인 셈이다.

그런데 이런 변화의 장점을 우리의 사회적 기반 시설에서 쉽게 접할 수 있는데 그것으로 변화의 중요성과 필요성을 더 잘 이해할 수 있다. 마차가 자동차로 바뀌었고 등잔불이 전깃불로, 우물이 상수도로, 연탄이 도시가스로 바뀌는 등 이런 변화로 사람들의 생활이 어마어마하게 좋아졌다. 또한 이로 인해 새로 생겨난 직업들도 무수히 많아졌다.

그렇지만 세상의 변화가 그렇게 순탄하게만 이뤄진 것이 아니라 많은 반대에 부딪히며 시행착오를 거쳤다. 특히 사회 각 분야에 걸친 제도적 변화에 있어서는 기존의 수혜자들이 가지고 있는 기득권이라는 것 때문에 더 많은 어려움이 있었다. 그러나 지금을 기준으로 과거를 되돌아보았을 때 결과적으로 그 당시에 어려움을 이겨내며 변화를 취할 수 있었기에 인권이 존중되고 평등이 이뤄졌으며 사회와 국가와 개인들도 전반적으로 모든 분야에서 성장을 이룰 수 있게 되었다.

변화의 물결이 인다. 변화는 기존의 상황이 만족스럽지 않기 때문에 일어나는 현상이기도 하다. 그러므로 변화에 적극 나서는 것이 훨씬 좋은 결과를 가져올 수 있다. 이는 해안에서 서핑을 즐기는 것과 같다. 밀려오는 파도를 두려워하지 않고 타게된다면 생명에 지장도 없고 오히려 즐거움을 누릴 수 있지만 그 파도를 피하려고만 한다면 파도에 휩쓸려 목숨을 잃거나 의식을 잃고 해변으로 밀려 나오게 될지도 모른다. 그러니 어차피 변화가 일었다면 그 변화에 적극적으로 나서서 그 변화의 물결을 타는 것이 더 바람직할 것이다.

변화란 고여서 썩기 쉬운 물을 흐르게 하고 새로운 물이 솟아나게 하는 것과도 같다. 그래서 자신이 필요로 하는 변화가 되었든 사회적으로 일어나는 변화가 되었든 그 변화를 과감하게 적극적으로 받아들이는 것이 바로 현실 적응이다.

그렇게 새롭게 변화하는 현실에 적응하며 긍정적인 생각을 할 때 두뇌 역시 순응 활동을 필요로 하게 되고 그런 활동에 따라 뇌세포가 활기차게 되면서 치매에 걸리는 것을 피할 수 있게 될 것이다.

자연 친화적
생활

사람들이 만들어내는 가스와 먼지, 플라스틱 등으로 환경이 오염되어 세상이 병들고 사람들도 그것들 때문에 죽어가고 있으며 자연이 망가지고 있다. 우리의 집인 지구가 사람들의 핵무기 실험과 화석연료와 지하수의 무분별한 개발과 사용, 간척사업과 벌목, 인공저수지와 댐 건설 등으로 파괴되고 있다.

거기에다 사람들의 그런 행위가 공기와 물을 오염시키고 화재와 전쟁 등을 일으켜 지구상의 모든 생명체들에게도 크게 해를 끼치고 있다. 그 결과 지구에서 함께 사는 다른 생명체들이 이와 같은 인간들의 행위 때문에 이유 없는 죽음이나 멸종을 당하고 있다.

어찌 다른 생명체들의 운명이 같은 피조물인 사람들에 의해 결정된단 말인가?

지구상에서 사람은 먹이사슬의 최상위에 있다. 그렇게 된 이유는 사람이 다른 생명체들보다 신체적으로 강해서가 아니라 뛰어난 지능을 가지고 있기 때문이다. 그런 지능으로 말과 글을 만들어 의사소통하며 도구도 만들어 사용하는 등 다른 생명체들이 감히 흉내조차 낼 수 없을 만큼 사람은 뛰어나다.

그로 인해 많은 생명체들이 사람에게 지배되거나 쫓기며 살아간다. 어쩌면 다른 생명체들도 인간처럼 지구의 어느 곳에서라도 자신들의 뜻대로 살기를 원할지도 모른다.

그런 내용을 가진 소설이나 만화 그리고 영화들이 많이 나와 있다. 그런 이야기들처럼 정말로 어떤 동물이나 식물이 세상을 지배하게 된다면 사람들은 어떻게 될까?

이 세상에 사람보다 지능이 더 뛰어난 생명체들이 생기는 것이 아니라 갑자기 사람의 지능이 다른 생명체들의 지능보다 떨어지거나 변이가 생긴다는 것을 생각해 보자.

건강보험심사평가원의 조사에 따르면 2019년에 우리나라 치매 환자는 최근 10년간 약 4배로 늘어났고 65세 이상에서는 10명 중 1명이 치매를 앓고 있는 것으로 나타났다고 했다.

90세 되셨던 나의 아버지가 뇌경색으로 쓰러지셨다가 돌아가셨는데 하루 24시간 누워계시면서 음식을 직접 취하지 못하셨고 치매에 섬망이 있었으며 사리 분별도 잘 하지 못하셨다.

모르는 한자가 거의 없고 영어도 잘 하셨던 아버지가 치매 때문에 모든 능력을 상실하신 것이었다.

아버지는 한국전쟁에 참전하시면서 화랑무공훈장을 받으셨던 국가유공자로써 군 전역 이후 미군들과 생활하며 얻은 수익으로 4남매를 잘 교육했다. 그리고 노후에는 아파트 단지 내 상가를 구입하여 임대료를 생활비로 사용하며 어떤 자식들로부터도 도움 없이 지혜롭고 당당하게 살아오셨다.

아버지가 그렇게 되신 것에 대하여 가슴 아프고 안타까워하면서 사람의 이와 같은 상태에 대해 고찰했다.

아무리 많은 재산이 있고 권력과 명예가 있더라도 어느 날 갑자기 인지기능을 상실한다든지 듣고 볼 수는 있지만 어떤 것도 직접 말하지도 못하고 쓰지도 못하는 등 자기 뜻을 전혀 표현할 수 없다면 어떨까?

지금의 상태와 비교해 본다면 그것은 끔찍한 일일 것이다. 하지만 병에 의해 그렇게 되는 것이 아니라 근본적으로 모든 인간의 뇌 기능이 낮아지는 것으로써 인간이 자연을 파괴하지 않고 다른 생명체들에게 해를 끼치지 않으며 인간들끼리도 서로 싸우지 않을 만큼으로 바뀌는 것이다.

만일 창조주가 있다면, 지금처럼 인간의 뇌에 관련된 병과 전염병이 발생하는 것은 창조주가 인간들이 지구에서 다른 생명체들과 잘 어울려 살라고 내리는 경고의 의미로써 일어나게 하는지도 모르겠다. 왜냐하면 인간은 서로의 상황을 보면서 개선하려는 의지가 있기 때문에 인간의 생활이 개선되기를 바라는 뜻으로 그렇게 유도하는지도 모른다. 그런데도 앞으로도 계속 바뀌지 않는다면 아마 다른 생명체들에겐 전혀 화를 입히지 않고 인간들만을 통제하기 위해 모든 인간의 뇌 기능을 동시에 낮출지도 모를 일이다.

2019년 말부터 코로나바이러스가 출현하여 과거 사스와 메르스와는 비교할 수 없을 만큼 엄청 많은 환자와 사망자가 발생하고 있다. 그로 인해 사람들 간에 사회적 거리를 두거나 이동 등의 활동이 제한되었는데 그런 사이에 지구가 깨끗해졌고 다른 동식물들의 활동구역이 확대되었다는 뉴스도 있었다.

앞으로 인간이 자연과 더불어 사는 것과 점점 멀어진다면 창조주는 인간의 뇌 기능을 저하하는 전염병이 유행하게 할지도 모를 일이다. 그렇게 되지 않기 위해서 사람들은 지금까지 살아온 삶을 되돌아보고 잘못된 것이 있다면 바꿔야 한다. 그러면서 지구상의 다른 피조물들과 어우러져 함께 살아간다면 지구도 자연의 모습을 되찾고 지금 우리에게 고통이 되는 각종 질병이 사라지면서 아무런 문제없이 존재할 수 있을 것이다.

이런 생각은 이미 세상의 많은 사람들과 나뉘고 있는데 나의 경우, 특히 자연으로부터 뚜렷한 혜택을 받았기 때문에 자연을 보전하는 것이 절대적으로 필요하다고 주장한다.

나는 산을 찾으며 불운이 사라지기 시작했고 행운이 찾아오면서 영어교육자가 된 것이라고 믿는다. 아울러 반려견들과 함께 생활하며 겸손해졌고 순한 사람이 되었다. 난 지금의 이 모습이 된 것이 너무나도 다행스럽고 좋다.

한때 힘들었던 시절 산을 찾았었고 동식물을 좋아했었는데 만일 그들조차도 나를 받아주지 않았다면 내가 있을 곳은 없었으며 지금 이 순간도 없었을 것이다.

나를 좋아해 준 자연, 그 자연에 감사하며 자연과 친화적으로 살아가고 있다.

물처럼
놓이기

"인생살이란 쉽다면 쉽고 어렵다면 어려운 것인데 살기 나름이다"라고 어른들이 말하는 것을 젊었을 때 들었었다.

그땐 그 말의 뜻을 잘 이해하지 못했고 관심도 없었지만 나 자신도 어느덧 셀 수 없을 만큼의 기쁨과 슬픔을 겪은 인생을 지내다 보니 인생살이가 그렇다는 것에 공감하고 있다.

나의 경험상, 인생살이가 쉬웠던 때는 사람들과 뜻이 맞아 잘 지낼 때였고 어려웠을 때는 그와 반대로 사람들과 마찰이 일어 미움을 받거나 줄 때였었다.

사람들은 부(富)라든지 명예나 권력 등을 인생의 목표로 추구하며 그것을 얻기 위해 많은 우여곡절을 겪는다고 한다. 그러면서 인생살이가 쉬웠느니 어려웠느니 말하는데 결국엔 그것들을 다뤘던 방법과 터득했던 요령에 따라 인생은 살기 나름이었다고 평하는지도 모르겠다.

나도 역시 셋 가운데 하나 정도를 목표로 선택하여 추진했었다. 그러던 중 어쩌다가 궤도를 이탈하면서 고난을 맞게 되었었다. 그런데 정말로 인생의 어려움은 좋았던 시절만을 생각하면서 다시 그 궤도에 오르려고 애쓸 때 찾아왔다. 결국 모든 것이 헛되어 삶의 의지까지 무너졌었는데 만일 그때 다른 길을 찾았다든지 사고방식을 바꿨다면 더 나은 삶을 살았을 수도 있었을 것이었다.

노동도 지나고 나면 즐거움이 될 수도 있다는 말처럼 그때를 생각하면 이젠 웃음이 나온다. 그 당시에 나는 왜 그렇게까지 과거 지향적이었는지 참으로 어리석었다. 뭘 그리 대단한 일이라고 그것만을 하겠다며 주변에 있는 사람들을 피하면서 폐쇄적으로 살았었는지 정말로 모를 일이었다.

그런데 그렇게 헛살아오고 있었을 때 운 좋게도 학생들에게 영어 가르치는 일을 하게 되어 다시 일어설 수 있게 되었다. 하지만 여전히 사람들과의 만남을 원하지 않았었다. 그 이유는 학생들과 지내면서 단순하게 사는 것이 훨씬 쉽고 좋았기 때문이기도 했지만 과거 사람들로부터의 피해의식이 있었기에 사람들을 꺼리기도 했고 사람들과 만나서 지내는 방법을 망각하기도 했던 것 같다.

그래서 과거지사도 잊어가며 영어교육에만 열중하던 어느 날 혼자의 생활이 두렵고 외롭게 될 것 같은 일을 겪었다. 그러면서 눈곱만큼이라도 남아있던 과거에 대한 집착과 그것으로부터 파생되어 만들어진 주변인들과의 불협화음 등 모든 것을 내려놓고 다른 사람들을 이해하며 함께 어우러지기 시작했다. 마치 물처럼 적응했다.

물은 액체로서 자신의 형상을 고집하지 않고 중력의 법칙에 따라 위에서 아래로 흐르며 자신을 담은 용기에 맞추어 그 용기의 형상으로 존재한다. 그러면서 그 용기 속에서 맨 아래에서 맨 위까지 빈틈없이 연결되어 최고의 안정을 유지한다.

그렇게 물처럼 살게 되니 타인들과 심적으로 부딪힐 일들이 줄어들게 되었고 마음이 편해졌으며 하는 일도 술술 풀렸다. 요즘 내려놓는다는 말을 많이 사용하는데 내려놓는다는 것이 바로 물처럼 살아가는 것을 의미하는 것 같다. 그렇게 살면 정신적이든 육체적이든 병이 생기지 않을 것이라고 확신한다.

꽌시
맺기

우리말의 '관계'라는 단어는 어떤 것과 다른 어떤 것이 서로 교감할 때 주로 사용되는 말이다. 관계라는 단어가 쓰이는 말을 예로 들면, '인간관계'를 비롯해서 '가족관계'와 '부부관계', '이성 관계', '성관계', '갑을 관계', '우호 관계', '적대관계' 등 복수 지간을 연결하는 다양한 분야에 적용된다.

그 가운데 인간관계란 사람과 사람 사이가 서로 연관되는 것을 말하는데 난 그런 관계를 그다지 진지하거나 중요하게 여기지 않은 채 살아왔다. 다시 말해서 어떤 제도 속에서 누군가를 만나면 그냥 만나지는 것이지 그들과의 만남을 더 좋게 유지하려 하거나 발전시키며 소중하게 여기려는 마음을 그다지 갖지 않았었다.

그러다가 중국어를 배우고 중국 사람들과 어울리면서 또는 중국에 드나들면서 중국인들은 '꽌시'라는 것을 중하게 여긴다는 것을 알게 되었다. '꽌시'란 우리말로 관계라는 뜻인데 그들이 말하는 관계의 의미는 내가 그저 담백한 표현으로서의 관계를 말하는 것과는 달랐다.

그들의 '꽌시'엔 의리와 정 같은 것이 담겨있었다. 그들은 처음 만난 나에게도 친구라는 뜻인 '펑요우'라는 단어를 적용했었다. 그런데 한번은 중국인 아버지와 그의 아들을 함께 만났는데 그 아버지도 나를 '펑요우'라고 불렀고 그의 아들도 나를 '펑요우'라고 불러서 나는 너무 헷갈렸었다. 그들은 그만큼 관계라는 것을 그저 단어적인 표현이라기보다는 그 단어 속에 담긴 의미를 더 중시한다는 것을 경험했다.

그러나 이후 그것을 잊고 지냈었는데 학생들을 가르치면서 우연히 중국인들의 그런 사고방식을 떠올리게 되어 학생들과의 관계를 꽌시처럼 맺기 시작했다.

역시 그렇게 관계를 맺었던 학생들은 달랐다.

나에게 영어를 배우러 오는 학생들 가운데는 10년 정도 되는 학생들이 많았다. 초등학교 때부터 고등학교를 졸업할 때까지 영어를 함께 익혔는데 나하고 나이 차이는 많지만 중국인들이 말하는 '펑요우'처럼 느껴졌다. 그래서인지 어떤 친구들은 고등학교를 졸업한 뒤 나를 떠났지만 대학에 다니면서 가끔 술과 안주를 사 들고 찾아오는 술친구가 되기도 했다.

나는 이런 시간을 보내면서 가끔 생각한다. 내가 만일 젊었을 때 그런 것을 깨달았다면 나의 삶은 정말로 멋지게 달라졌을 것이라고.

하지만 지금도 늦지 않았다. 누구든 새롭게 만나는 사람은 물론 과거의 지인들을 만나더라도 나 스스로 그들에게 정과 의리가 담긴 인간관계를 맺도록 할 것이다.

인간관계는 혈연과 지연, 학연 등이 바탕이 되기도 하는데 만일 관계되는 사람의 인간성이 괜찮고 그런 관계를 통해 부정한 행위를 하지 않거나 다른 사람들에게 피해가 되지 않는다면 오히려 그런 관계가 더 좋을 수도 있다.

그렇지만 어떻게 형성되는 인간관계라도 그것의 바탕엔 인격을 존중하는 자세가 갖추어져 있어야 한다. 좋은 인격체들이 서로 상대를 존중하며 원만한 관계를 유지하려 할 때 그 관계는 발전할 수 있으며 마음의 병도 생기지 않을 것이다.

긍정의
말

'말이 씨가 된다'라는 표현이 있다.

이는 누군가 생각 없이 또는 고의로 어떤 사람이나 일에 대하여 말만 했을 뿐인데 그런 말대로 된다는 뜻이다.

왜 그런 표현이 계속 사용되고 있을까? 그것은 틀림없이 맞아떨어진 경우들이 있었기 때문일 것이다.

나는 말이 씨가 된 경험이 있었기에 말을 가려서 하며 특히 나쁘게 말하지 않으려고 애쓴다. 그것이 과학적으로 입증될 수는 없더라도 내가 했던 말대로 일이 되었던 것을 확인하면서 놀랐었던 경우가 꽤 있었다. 사실 말이 씨가 된다는 표현은 좋은 상황에서 나오는 것이 아니며 그렇게 말하는 사람의 인격도 별로 좋게 여겨지지 않고 아울러 그렇게 말한 사람도 그렇게 될 수 있다는 자박(自縛)도 담겨있다.

예전에 내가 경제적인 어려움을 겪으면서 잠시 노동을 했었을 때 급여를 주지 않는 사업주가 있었다. 그래서 동료들과 모여 있었던 자리에서 그에 대하여 "그런 놈은 자식이 잘못되어야 한다"라고 했었는데 그의 자식이 나의 악담대로 그렇게 된 경우가 있었다. 반면에 중고자동차를 구매했을 때 나에게 성심성의를 다하며 올바른 금액으로 판매했었던 판매원에게 좋은 일이 있을 것이라는 덕담을 해주었는데 나중에 연락해보니 아버지의 중국 사업이 어려움에서 풀려나게 되어 자신도 다시 중국에서 계속 공부할 수 있게 되었다고 했다.

어쩌면 이런 일들이 내가 했었던 말과는 무관하게 일어난 것일 수도 있다. 하지만 내가 어떤 말을 하기 이전에 상대에게서 뭔가를 인지했기 때문에 그 정도의 말이 나온 것이라고 여겨진다. 그렇다고 본다면 어떤 사람이나 일에 대한 나의 즉흥적인 말도 쉽게 할 일이 아니라고 보면서 남에 대하여 뱉어내는 말에 몹시 주의해야만 하겠다. 반면에 어떤 일이나 사람에 대해 좋게 말한다면 그 말대로 좋게 될 수 있을 것도 같다.

그래서 나는 나에게 영어를 배우러 오는 학생들에게 항상 긍정적인 말을 해주는 습관이 생겼다. 그것은 형식적이고 억지춘향이식이 아니다. 털어서 먼지 나지 않는 사람이 없다고 하듯이 반대로 사람을 자꾸 보면 누구에게서나 그 사람만의 장점이 발견되기 마련이다.

사람은 누구나 다 장점이 있다는 말이다. 그렇기 때문에 그 장점을 발견하여 긍정적인 말로 잘 북돋아 주기만 하면 그 장점대로 풀려나가게 된다.

그런 긍정의 말이 학생을 변화시킨 것을 넘어 학생의 어머니마저 변화시켰던 일이 있었다.

어느 날 한 중학교 1학년 학생이 그의 어머니와 함께 찾아왔다. 그런데 그 학생의 어머니는 아들에 대하여 부정적인 말을 많이 했었다. 난 그 어머니를 보고 내가 그 학생에게 어떻게 해야 한다는 판단이 쉽게 내려졌다.

그 학생은 역시 영어에 대한 관심이 별로 없어 보였다. 하지만 부모님이 무서워서 그랬는지 수업참여만큼은 꼬박꼬박 잘하고 있었다.

나는 나의 습관대로 우선 그 학생에게도 장점을 찾아내 긍정적인 말을 해주는 것에 주력했다. 그러면서 그 학생을 며칠 동안 살펴보았더니 그 학생은 수업에 단 1초도 지각하지 않고 잘 참여하는 것이었다. 그래서 나는 그가 다른 학생들과 함께 있는 데서 예전의 학교생활에서는 성적보다는 출석을 잘 해서 개근상 받는 것이 더 중요했으며 회사에서도 그런 사람을 더 원했다는 말과 함께 칭찬을 많이 해주었다. 그랬더니 그 학생이 마음을 열어 변화를 갖고 영어에 관심을 두게 되는 것을 볼 수 있었다. 그리고 학교생활도 달라졌고 다른 과목에도 관심을 가지면서 성적도 상승하기 시작했다.

그러던 어느 날 그 학생의 어머니가 나에게 전화를 걸어온 뒤 찾아왔다. 어머니는 아이가 선생님을 너무 좋아한다며 "엄마도 선생님께 배워야 돼"라고 말했단다.

그 학생의 어머니는 그 이후 많은 변화와 함께 아들을 대했던 것 같았다. 그 학생은 처음과는 완전히 달라진 가운데 중학교를 졸업했으며 고등학교를 그의 집과 멀리 떨어진 곳으로 입학하면서 나를 떠나야만 했었다.

그리고 한참 시간이 흐른 뒤 어느 날 어떤 SUV가 길가에 주차하더니 한 중년 여성이 내려 나에게 다가와 인사했다.

그녀는 그 학생의 어머니였다. 자기 아들 군대 면회를 가기 위해 장 보러 나왔다가 나를 발견했다고 했다. 그 학생은 좋은 대학교에 입학해서 1학년을 마치고 해병대에 입대했다면서 아들이 잘 된 것이 내 덕분이라며 과할 정도의 인사를 했다.

그 학생이 나에게 왔었던 중학교 1학년 때는 어머니가 부정적인 말을 주로 하며 칭찬에 너무 인색했었기 때문에 그 학생은 어머니 말도 듣지 않고 어떤 공부조차 하기를 원하지 않았던 것 같았다. 그런데 내가 긍정적인 말로 칭찬해주자 그 학생은 마치 목말랐던 사람이 바가지에 담긴 물을 가슴팍에 흐르도록 마셔대는 것처럼 나의 칭찬에 어찌할 줄 모를 정도로 좋아했었다. 그러면서 그 학생이 조금씩 바뀌었는데 아들의 변화에 대한 동기를 듣고 나서 어머니도 아들에게 긍정적으로 대하자 그 집에는 일대 혁신이 일어났던 것이었다.

학생들에게 영어를 가르친 지 20년이 가까워지니 처음 만나는 학생이더라도 약간의 대화를 통해 그 학생의 많은 부분을 짐작할 수 있다. 또한 그 학생의 가정 분위기도 느낄 수 있다. 그래서 어떤 학생에 대해서는 부모님께 자주 연락하며 부모님이 도와줬으면 하는 얘기들을 전해주곤 한다.

이 세상엔 장점이 없는 사람이 없다. 그 장점을 내세워 평생을 살아가는 것이다. 그런데 어린 학생들의 장점이 나오기도 전에 부정적인 말로 눌러버린다면 결국 부모는 죽는 날까지 자식들 몫까지 일하며 먹여 살려야 할 것이다.

그렇게 되지 않으려면 모든 부모들은 더 나아가서 모든 어른들은 아이들이 장점을 드러낼 수 있도록 긍정적인 말로 아이들을 이끌어야 한다. 아이들의 장점이 잠재력까지 발휘되어 자신은 물론 가족과 사회의 발전에 기여하고 나라도 잘 운영해갈 수 있는 사람이 되도록 힘을 실어주어야만 할 것이다.

긍정의 말은 정신건강을 좋게 해준다. 그럼으로써 그 정신에 상상 밖의 능력이 생기게 되어 하는 일이나 하려는 일이 불가능을 넘어 가능하게 될 것이다. 또한 행운마저 따를 것이니 자녀에게뿐만 아니라 모든 지인들에게도 당장 긍정의 말을 시도해보라!

슬로우 앤
스테디

'옛날 옛적에 한 마을에 토끼와 거북이가 살고 있었다.

토끼는 달리기가 빨랐고 거북이는 느렸는데 이에 대해 토끼는 거북이에게 느림보라고 항상 놀려댔다.

그러자 어느 날 거북이는 토끼에게 달리기를 제안했다.

그렇게 시작된 경주에서 토끼는 거북이가 한참 뒤진 것을 보고 안심하며 중간에 낮잠을 잤다.

그런데 그 사이에 거북이는 토끼를 앞섰으며 낮잠에서 깨어난 토끼는 결승 지점에 들어선 거북이를 따라잡을 수 없게 되었다.

그리하여 거북이는 경주에서 토끼를 이겼다.'

내가 초등학교에 다닐 때 이 이야기는 토끼가 다리를 꼬고 풀밭에 누워 잠을 자는 동안 거북이는 땀을 뻘뻘 흘리며 언덕을 올라가고 있는 삽화와 함께 교과서에 담겨있었다.

이솝우화인 토끼와 거북이에 대한 경주 이야기는 당시 초등학생들에게 "천천히 그리고 꾸준히 하면 이긴다" 또는 "타고난 재능이 있어도 자만하면 진다"라는 교훈을 알려주었다.

그런데 왜 나는 이 이야기를 지금까지 이렇게 확실히 기억하고 있으면서도 이 이야기가 주는 교훈을 나의 인생에 적용하지 못한 채 그렇게 많은 후회를 남겼을까?

나도 남들처럼 나 자신의 타고난 재능과 노력 그리고 행운을 가지고 있었는데 거기에다 내가 만일 이야기 속의 거북이처럼 살아왔었다면 나에게 행운으로 찾아왔었던 방송 일을 기막히게 해나가면서 보람되게 살아왔었을 것이라고 추측해본다.

과거에 운이 좋아 방송사의 프로듀서라는 직업을 가졌으면서도 그 직업에 성실히 임하며 사명감을 갖기보다는 자만과 함께 더 출세하겠다는 욕심에만 빠져 앞뒤 재지도 않고 서두르다가 방송일마저 놓치고 말았던 것이 너무도 아쉽다.

중국 전문 언론인이 되겠다는 계획으로 싱가포르국립대학교에 유학하여 중국어를 공부한 뒤 92년에 한중수교가 되자 중국에서 활동하기 위해 당시 중국과 관련되어 미디어 사업을 펼치기 시작한 어느 회사에 취업하기로 했었다. 그러면서 방송사를 사직했는데 중국에서 활동하기는커녕 중국에는 발도 못 붙이고 실업자가 되고 말았었다.

그 순간부터 학생들에게 영어를 가르치는 지금의 직업을 갖기 전까지 끔찍한 세월을 보냈었다. 다행히 영어 가르치는 일이 잘 되어 시간이 갈수록 악몽 같았던 일들도 잊히고 있지만 그런 일을 다시는 겪지 않겠다는 다짐과 더불어 학생들에게도 교훈이 되게 해주려고 'Slow and Steady'라는 영어 어휘를 한을 풀어가듯 가르치고 있다.

1993년에 나는 방송사를 사직하면서까지 중국에 가려고 그렇게 서두르지 말았어야만 했었다. 아니 왜 그렇게 서둘렀었는지 마치 뭔가에 홀린 것 같았었다. 그때 중국에 대한 더 많은 준비를 꾸준히 하면서 때를 기다렸었다면 내가 계획했었던 대로 일이 잘 되었었을 것이라는 것을 이후의 변화를 보면서 많이 느끼고 있다.

그러면서 지금의 상황에서 합리화시키는 것 같지만 아마도 내가 나의 학생들을 비롯한 주변인들에게 무슨 일이든 서두르지 말고 천천히 꾸준히 해나가라는 교훈을 주는 역할을 하게끔 그렇게 됐었던 것이었다고 말하게 된다.

난 '서두르지 말고 천천히'라는 의식을 더욱 더 강하게 심어주기 위해 2009년 7월의 어느 날, 지름이 12센티미터 길이가 1미터 30센티미터 정도 되는 통 대나무에 전기 조각 드릴과 조각칼로 'SLOW & STEADY'라는 글자를 파낸 뒤 그 글자를 매니큐어로 칠해서 그것을 학생들이 볼 수 있도록 칠판 위 벽에 걸어 놓았다. 그러면서 모든 학생들에게 그 영어에 대한 설명과 학생들이 그 이야기의 거북이처럼 모든 일에 대하여 '천천히 그리고 꾸준히(Slow And Steady)'가 되어줄 것을 열성을 다해 이해시키고 있다. 아울러 모든 일은 '준비될 때 나서라'와 '돌다리도 두들겨보고 건너라'라는 말로도 악을 쓰듯 신신당부하는데 그와 같이 과할 정도로 하는 이유는 내 인생의 커다란 실수가 모두에게 반면교사가 되길 바라는 마음에서다.

제정신으로 살다 가고 싶다

경외심
갖기

공군에서 복무할 당시 같은 중대에서 복무했었던 병들의 모임에 참석했었다. 제대 후 39년이 지나서야 처음으로 그들을 만난 것인데 그 이유는 아버지의 별세 때 조문와준 것에 대한 감사의 마음도 있었지만 아버지가 돌아가셨을 때 접했었던 많은 상황들을 겪으며 내가 살아가는 방법과 나의 대인관계 방식이 변화되어야 한다는 것을 스스로 느꼈기 때문이었다.

공군을 제대한 뒤 군 생활이 힘들었었던 만큼 부대 쪽을 향해선 절대 오줌도 누지 않고 또한 함께 생활했던 동료들과는 인연이 끝났다고 여겼었는데 막상 그 사람들을 만나니 기억하고 싶지 않은 과거들을 떠올릴 수밖에 없었다.

공군에 사병으로 자원입대하여 35개월을 복무할 때 한 달이라도 먼저 들어온 선배들은 후배들에게 '선배란 하나님과 동기

동창이며 성모 마리아의 남편이다'라며 대단한 존재로 군림하면서 후배들의 인권을 유린했었다. 그런데 나 또한 선배가 되자 '남산에서 뺨 맞고 한강에 가서 화풀이 한다'라는 식으로 선배들로부터 배운 짓을 후배들에게 똑같이 하면서 군 생활을 보냈다.

난 전역 후 군 생활을 했다는 것에 대하여 부정적이었다. 그래서 군 출신자들이 군복을 입고 사회봉사 활동을 명분으로 컨테이너 사무실에 간판을 걸고 함께 어우러지는 것에 공감할 수 없었다. 그러면서 그들이 진정한 군인으로서의 전우애를 가지고 있었는지에 대해서도 몹시 궁금했었다.

내가 군 복무했던 곳은 내가 생각하기에 국민과 국가를 위해 존재했다기보다는 사람들에게 군대 계급만을 씌워 인권유린을 했던 곳으로 전혀 전우애가 꽃필 수 있는 곳이 아니었다.

공군사관학교 출신의 장교는 진급만을 목표로 그저 자신의 근무지에서 사고가 나지 않기만을 바랐고 '호랑이 없는 굴에 토끼가 왕'이라고, 학사 출신의 제대가 약속된 장교는 과도한 권위로 중대를 주물렀다. 그리고 나이 많은 부사관들은 그들의 눈을 피해 병들을 노예 부리듯 하면서 온갖 횡포를 자행했었다. 또한 병들 사이에서도 폭력으로 상하관계가 유지되는 등 야만적인 행동들이 난무하는 등 인권이 존재하지 않는 곳이었다. 그런데 내가 어떻게 그런 곳에서 사고 치지 않고 견뎌내며 복무를 마칠 수 있었는지 정말 다행이었다.

그 당시 영외에 거주하는 부사관들의 사병에 대한 부당함은 하늘을 찌르고도 남았었다. 대표적인 것으로써 그들은 영외에서 영내로 출근할 때 집에서 도시락을 싸 가지고 왔는데 사병들은 점심시간이 되면 중대 내에 그들을 위해 식탁을 일렬로 연결해 놓고 그 위에 그들이 싸 온 도시락을 마련해주면서 그들이 점심 식사를 할 수 있도록 해주는 것이 최고로 중요한 군 복무 가운데 하나였다. 특히 겨울철에는 난로 위에 올려놓은 도시락들이 타지 않도록 주의를 기울이며 골고루 덥힌 뒤 차려주어야 했었다.

그런 얘기는 창피해서도 평생 꺼내고 싶지 않았었는데 서로의 얼굴을 보자 가장 먼저 떠오르는 것이 그런 일들이었기에 속이 메슥거렸지만 결국 쏟아내고 말았다.

우리 가운데 한 사람인 문홍주 씨는 그랬던 일들을 말하며 공군에서의 군대 생활 3년은 군 복무를 했던 것이 아니라 징용 살다 왔던 것 같다며 자조적으로까지 표현했다.

한참 시간이 흐른 뒤 각자 군 제대 이후부터 지금까지의 사회생활에 대한 얘기를 했다. 나이가 모두 사회에서 은퇴할 시기를 지났지만 대부분 자영업을 하면서 아직도 직접 돈을 벌고 있기에 당당한 모습들이었다.

군 제대 후 40년을 보내면서 나도 그랬지만 우리 가운데 2명은 특히 사람에 의해 결정적 어려움을 겪었거나 도움을 받았었기에 사람을 경외하게끔 되었다고 했었다.

사람이 변화를 맞는 것은 환경과 자신의 질병 등에 의해서 이뤄지는 경우가 많은데 사람이 계기가 되어 이루어진 변화는 그 변화 이후에 형성되는 인성에 큰 영향을 미치는 것 같다.

최장희 씨는 사람 대하는 것을 무척 신중하게 여긴다고 했다. 왜냐하면 믿었던 사람에게 배신당하면서 그동안 벌었던 돈을 날렸는데 십억 정도의 빚을 갚지 못하게 되어 그동안 사업적으로 만났었던 500명이나 되는 지인들에게 도움을 청했었지만 그들의 대부분은 회의 중이라고 답하며 자신과의 만남 자체를 거부했었다고 했다.

그래서 결국 빚을 갚을 수 없게 되어 극단적인 선택을 계획하면서 부동산을 담보로 은행대출을 받아 빚진 것을 어느 정도 갚고 나머지는 아내와 자식들이 살아갈 수 있도록 아내에게 주기로 했었단다. 그리하여 결혼 이후 온갖 어려움을 함께 이겨냈던 아내의 슬픔을 달래고 설득하여 위장 이혼에 들어가게 되었다고 했다. 그런데 이혼숙려기간 중이었을 때 그동안 빚을 갚으려고 그렇게 애썼어도 팔리지 않았던 부동산이 팔리게 되어 모든 빚을 갚고 이혼도 하지 않게 되었다고 했다.

그 당시 위장 이혼을 하기 위해 법정에 갔었을 때 하늘이 노랗게 보이면서 아내와의 진정한 사랑을 느꼈었는데 그때 이후 지금까지 조강지처를 위해 일한다며 아내를 더욱 소중히 여기면서 무슨 일이 있어도 각방을 쓰는 경우는 없다고 했다

이건익 씨는 용산전자상가에서 컴퓨터 판매사업을 했었다고 했다. 하지만 그 사업이 날이 갈수록 쇠퇴하여 폐업을 고려하고 있었는데 과거에 자신에게 컴퓨터를 구매했던 사람이 구세주가

되어 나타났다고 했다. 그 고객이 큰 기업의 경영자가 되어 다시 찾아준 것인데 그 고객은 과거의 거래에 감사하다며 회사 전체가 사용할 컴퓨터를 구매하겠다고 했단다. 그래서 계약까지 마쳤는데 그만한 수량의 컴퓨터를 자신이 직접 마련할 수가 없어서 주변의 여러 업체에 도움을 청했었다고 했다. 그러나 모두 외상이 불가능하다며 거절했었는데 한 업체의 나이 많은 사장이 도와주겠다며 선뜻 나서 주었기에 그는 대량의 컴퓨터를 판매할 수 있었다고 했다.

그런데 그 사장은 심지어 이익금을 빼고 제품 가격을 어음으로 줘도 된다고 할 만큼 너무나도 큰 배려를 해 주었으며 더 나아가 컴퓨터를 배달하기 위해 3대의 용달차를 빌려야 했건만 그럴 필요도 없이 그 사장이 자신의 대형 트럭까지 제공해주어 문제없이 컴퓨터를 판매할 수 있었다고 했다.

그렇게 하여 그 수익금으로 위기를 넘기고 용산전자상가를 벗어나 새로운 사업을 시작할 수 있었다고 했다. 그는 그때 그렇게 큰 도움을 주셨던 두 사람을 생각하면서 자신도 주변 사람들에게 어떤 경우라도 항상 너그럽게 배려하는 것이 인생의 좌우명이 되었다고 했다.

사람이 사람을 살리기도 하고 죽이기도 한다는 말이 있다. 이는 공동체를 이루며 살아가는 사람들에게 해당하는 말로써 그 말 속에는 인간관계가 중요하다는 뜻을 포함하고 있다. 그 관계로 인해 자신도 모르는 사이에 어떤 결과물이 도출된다.

누구나 인간관계의 결과가 좋기를 바랄 것이다. 그래서 좋은 인성으로 상대에게 행동하기를 원하지만 그것을 방해하는 많은 환경들이 주변에 놓여있기도 하다. 그래서 생각하지도 않았던 해를 끼치고 받기도 하면서 심지어 마음의 병까지 생기게 된다.

그런데 그것을 초월한 사람들이 바로 위에서 말한 군 생활의 동료들이었다. 그들의 외모는 활기차고 건강해 보였다. 그들은 커다란 시련을 겪은 뒤 재미있게 사는 것을 새로운 인생관으로 삼으며 살아간다고 했다. 그러면서 그렇게 될 수 있었던 것은 바로 사람을 공경하면서도 두려워하는 경외심이 있었기 때문이라고 했다.

일체유심조

사람은 세상에 태어난 이래 숱한 사람들과의 만남을 통해 자신의 정체성을 확립해간다. 직접 만나는 사람들은 낳아준 부모부터 형제자매와 친인척, 이웃, 각급 교육기관을 통한 선생님들과 친구들 등이 있다. 그리고 방송과 인터넷 등의 매체를 통해 각양각색의 사람들을 간접적으로 끝없이 접한다. 그러면서 그들로부터 영향 받아 부지불식간에 자신의 개성이 형성된다.

그런 다음 그 개성에 따라 각종 사회적 단체와 수급의 관계를 맺어 일터에 들어간다든지 사업장을 직접 만들기도 하고 가정도 일구며 국가로부터 보호도 받는다.

이것이 바로 사회적 삶인데 그러한 사회적 삶을 공유하는 곳이 공동체다. 사람들은 그 공동체에서 또 다시 다양한 부류의 사람들과 관계를 맺으며 주고받는 영향에 따라 가슴에 흔적을 남기는데 그 흔적이 때론 아름다운 추억이 되기도 하고 때론 마음을 아프게 하는 상처가 되기도 한다.

그렇지만 어떤 누구라도 자신이 속한 공동체 생활이 마음의 병보다는 기쁨으로만 채워지기를 원할 것이다.

과연 어떻게 할 때 그렇게 될 수 있을까?

내 경험에 따르면 즐거워하는 사람들이 많거나 즐거운 분위기 속에 있으면 덩달아 즐거워진다. 아무 일도 하지 않으면 아무 일도 일어나지 않는다는 말처럼 반대로 뭔가를 하면 뭔 일이 일어난다. 그렇기에 즐거워지려면 자신을 즐거운 일에 노출한다거나 자신이 직접 즐거움을 만들면 즐겁게 될 것이다. 그렇게 하여 자신이 즐겁게 되었다면 누구나 그런 즐거움을 줄곧 유지하고 싶어 즐거움을 찾아 계속 나서게 된다.

하지만 열흘 붉은 꽃은 없다는 화무십일홍(花無十日紅)이나 달도 차면 기운다는 말처럼 어떤 것도 영원할 수는 없다.

그것이 세상의 이치다. 이것을 알면서 갖춰야 할 성품이 있다면 그것은 기다릴 줄 아는 겸손함이다.

무더운 여름이 싫을 때 잠시 기다리기만 하면 시원한 가을 속에 놓일 수 있고 추운 겨울이 싫다고 해도 옷깃을 몇 번 여미다 보면 얼마 안 있어 따뜻한 봄을 맞이할 수 있으니 기다리기만 하면 된다. 세상은 돌고 돌기 때문에 지금 힘들더라도 다시 즐거움이 찾아올 것이라는 확신을 갖고 기다리다 보면 정말로 즐거움은 다시 온다. 그런데 지금 당장 싫다고 무리수를 두다 보면 희망은 더 멀어지고 괴로움만 생길 수 있다.

그러니 세상의 일은 모두 밀물과 썰물처럼 오고 간다는 것을 받아들이며 즐거울 것이라는 긍정적 확신만 가진다면 세상에 힘들어서 괴로워하는 일은 그리 많지 않을 것이다.

결국 세상사에 대한 모든 것은 생각하기에 달려 있다. 그래서 모든 것은 마음먹기에 달려 있다는 일체유심조(一切唯心造)라는 말이 있다. 모든 것은 마음에서부터 오니까 마인드 컨트롤도 필요하다.

봄은 기다리지 않아도 오며 잡으려 해도 간다. 그러니 서두르지도 않고 너무 집착하지도 않으려는데 그 무엇이 부작용이 되겠는가? 좋은 것이든 나쁜 것이든 어차피 지나가는 것, 그저 강물이 흐르는 강가의 바위가 되어 이것저것 다 스쳐 가도록 보내다가 어느덧 그들에 의해 부스러져 모래알로 변할 것이라는 것을 알며 살아가는 것이다.

나에게 찾아오는 어떤 것이든 잠시 머물다 간다. 그러니 그것이 나에게 붙어있을 때 함께 잘 놀아주고 그것이 떠나려 할 때 잘 놓아주면 되는 것이다. 그런 마음을 가지면 만병의 원인인 스트레스도 생기지 않을 것이다.

말조심

"너무 시끄러운데 목소리 좀 낮춰주시겠어요?"

40대 초반 정도로 보이는 남성이 60대 중후반 정도로 보이는 3명의 남성과 2명의 여성들에게 다가가 정중히 부탁했다.

그러자 일행 중 한 사람이 그저 형식적으로 사과하며 답했다.

"아이, 미안해요. 우리가 너무 오랜만에 만나다 보니 할 얘기들이 많아서 그랬나 본데, 이해해줘요"

저녁 늦은 시간에 동인천역에서 전철을 타고 퇴근하면서 접한 상황이었다. 이들은 아마 동인천역 일대의 신포시장을 비롯해서 자유공원, 삼치 골목 등지에서 음주를 했던 것 같다. 동인천역 부근에서는 베이비부머 세대와 그 이전 세대들이 젊었을 때의 추억을 찾을 수 있는 곳이 많다. 나도 그런 곳들에 많은 추억을 가지고 있으며 간혹 그런 곳들을 찾을 때마다 옛 생각이 나면서 오늘을 열심히 살아야겠다는 다짐도 하게 된다. 그런 곳들이 사라지지 않고 나 또한 그런 곳을 떠나지 않아서 참 다행이다.

그건 그렇고 아까 얘기를 다시 하자.

동인천역의 진입 구간을 지나 에스컬레이터가 이끄는 대로 플랫폼으로 옮겨진 뒤 바로 용산행 급행열차가 들어오는 쪽의 안전유리 벽을 따라 걸어갔다. 그러면서 퀴퀴하게 섞인 술과 담배 그리고 고기 구운 냄새를 풍기면서 큰 목소리로 떠들어대는 젊은 노인들을 지나치게 되었다.

난 그들과 좀 떨어져서 서울 방향 쪽 전철의 맨 뒤에서 두 번째 칸 첫 번째 문 앞에서 전철이 들어오기를 기다리고 있었다. 잠시 후 전철이 들어오자 그들도 내가 자리 잡은 칸의 맨 뒤 경로석에 그들끼리 서로 마주 보고 앉아서 플랫폼에 있었을 때와 마찬가지로 큰 소리로 떠들어댔다.

그들은 과거 자신들의 젊은 시절에 있었던 일들에 대하여 크게 얘기하면서 전철 안을 소란스럽게 했다.

전철이 출발하자 전동차 바퀴가 구르는 소리와 함께 그들의 목소리도 더 커진 것 같았다. 전철 내의 모든 사람들이 얼굴을 찌푸리며 별로 좋아하지 않는 기색이었다. 그때 40대 초반의 그 남자가 그들에게 다가가서 부탁했던 것이었다.

하지만 부탁을 들을 당시 그들의 목소리가 조금 낮아지는 듯했으나 금방 다시 높아졌다.

다른 칸으로 옮기고 싶었지만 부평역에서 하차하여 인천 1호선으로 갈아타기 위해서 지하도 입구에서 내릴 계획이었기에 그냥 그 자리에 앉아서 휴대폰 속 뉴스만을 들여다보았다. 전철이 금방 부평역에 도착했다. 그곳에서 내리면서 잠시 맛보았던 그들의 소음으로부터 벗어날 수 있었다.

그리고 20일 정도가 지난 뒤 묘하게도 전철 안에서 또 다시 그 사람들을 만났다. 대기하고 있던 열차가 출발할 것 같아서 에스컬레이터에서도 뛰어오르면서 플랫폼에 다다른 뒤 일단 맨 끝 칸의 문으로 뛰어들어갔다. 그런 다음 옆 칸으로 옮겨가니 이전에 보았던 그들 3명이 있었다. 그들의 무리엔 이전처럼 여자들이 합류하지는 않았으나 이번엔 경로석이 아닌 긴 의자에 앉아서 역시 술에 취해 누군가에 대해 큰 목소리로 얘기하고 있었다. 그 순간 한 남자에게 전화가 왔다. 그 남자는 전화를 받자마자 큰 소리로 웃으며 통화하는데 그 전화를 나머지 두 사람에게까지 바꿔주며 떠들어대는 것이 보통이 아니었다. 그래서 이번엔 안 되겠다 싶어 다음 칸으로 이동했다.

그런데 잠시 후 그들이 있는 칸에서 큰 소리가 들려왔다. 궁금한 마음에 그 칸으로 다시 가보니 그들이 젊은이들과 다투고 있었다.

"어린 것들이 싸가지 없이 어른에게 하는 짓이라곤, 너흰 부모도 없냐?"

"치매 걸렸어요? 지금이 어느 땐데 옛날얘기 합니까?"

다툼은 공중도덕을 지키지 않은 것에 대하여 따지면서 일어

낳지만 끝에 가서는 치매로 연관시키는 막말로 이어졌다.

솔직히 요즘 나이 든 사람들의 불법적인 언행이 심각한 지경에 이르고 있다고 언론을 통해서도 많이 알려졌으며 통계적으로 보더라도 노인들의 범죄율이 이전보다 훨씬 더 증가한 것은 사실이다. 노인 인구가 많아졌기 때문에 비율이 상대적으로 증가한 것이라고 말하는 사람도 있지만 범죄의 내용을 살펴보면 틀림없이 사회적 문제이긴 하다.

하지만 그 젊은이가 대꾸하며 하는 말은 너무 심했다.

난 그 말을 듣고 그 젊은이와 말다툼했던 젊은 노인들이 잘못했다는 마음이 싹 가셨다. 그리고 그 젊은이들을 향해 싸가지 없는 놈들이라고 쏴붙이고 싶었지만 그랬다간 나도 영락없이 그 젊은이들에 의해 치매에 걸린 사람으로 불릴까 봐 참았다.

이러다간 얼마 지나지 않아 나이 들면 무조건 치매라는 말이 붙여지는 사회 속에서 살 것 같다. 아니 지금이 그런 시대인지 모르겠다.

우리나라는 젊은 노인들이 점점 많아지는 노령사회가 될 텐데 큰일이다. 나이가 들었다고 모두 다 치매에 걸리는 것은 아니지만 이미 젊은이들의 의식 속에 노인은 치매와 연결된다는 선입관을 가지고 있는 것 같다. 이런 사회적 풍조를 누가 어떻게 해소할 수 있을까?

놀리지 말아야

"치매에 걸려라", "치매에 걸렸다"라는 말을 절대로 사용해서는 안 된다.

미국의 대통령 선거 당시 그들의 나라 사람들이 바이든 후보에게 치매에 걸렸다는 막말을 했었고 우리나라에서도 문재인 대통령에게 치매에 걸렸다고 말하거나 인터넷에 그런 내용의 댓글을 단 사람들이 있었다.

내 개인적인 의견으로, 그런 말을 하는 사람들에게 그 말이 그대로 돌아가기를 바랄 정도로 나는 그런 말을 하는 사람을 나쁘게 본다.

어머니 치매 때문에 어려움을 겪고 있는 사람으로서 치매가 가족들을 얼마나 힘들게 하는지 알고 있다. 내가 잘못한 일이 있다면 다른 욕을 해대도 좋고 심지어 결투를 청해도 좋다. 하지만 그 말만은 하지 말아야 한다.

아마 가족 가운데 치매에 걸린 사람이 있다면 내가 왜 그런 말을 하는지 이해할 것이다. 치매에 걸리면 치매에 걸린 환자도 힘들지만 그 환자의 가족도 환자가 완치될 수 있다는 희망보다는 불안과 걱정스러운 생활로 편하지 않다.

치매 환자와 함께 사는 가족들의 몸과 마음은 비틀어진 식물과 같다고 할 수 있다. 몸은 기약 없는 비를 기다리며 처져있는 줄기와 같고 마음은 시들고 찢긴 이파리처럼 땅바닥에 쓸려있으니 그 모습은 참으로 안쓰럽다.

그러나 치매에 걸린 사람은 그것을 잘 모를 수도 있다. 그래서 세상에 제일 행복한 사람은 바보라는 말이 있듯이 치매 환자 역시 많은 감정에 대하여 잘 느끼지 못한다고 그렇게 말하는지도 모른다. 그것은 아마도 무엇이든 금방 까먹기 때문에 슬픔과 기쁨 같은 어떤 감정도 남아있지 않기 때문일 것이다.

환자의 처지를 생각하면 같은 인간으로서 동정심이 가지 않을 수 없다. 더구나 그 환자와 잘 알고 지냈던 사람이라면 그 사람과의 과거사를 떠올리며 얼마나 안타까워하겠는가!

그런 것을 생각할 때 멀쩡한 사람에게 치매에 걸렸다고 말한다는 것은 그 사람에게 그저 모욕을 주겠다는 것을 넘어 그 사람의 인생이 비참해지고 그 사람의 가족이 힘들어지기를 바라는 가장 비인간적이고 야비한 말이라고 생각한다.

치매가 발생하는 원인이 아직 확실하게 밝혀지지 않았다고 하지만 가족력인 유전적 원인과 환경적 원인이 있다고 한다. 유전적 원인은 아밀로이드 베타 단백질과 타우 단백질 같은 유해 단백질이 뇌세포 내에 축적되어 발생하는 것이고 환경적인 원인은 고혈압과 당뇨, 비만, 과음. 흡연, 심한 우울증, 수면 부족, 유해한 식습관 등이라고 한다.

치매는 질환의 초기부터 기억과 인지, 언어에 타격을 입어 연령이나 교육수준에 비해 그 능력이 현저히 저하되어 일상생활과 대인관계, 사회적 직업기능들에 크게 지장이 생기는 복합적인 증후군이다.

발병률은 주로 65세 이후부터 높아진다고 하지만 최근에는 젊은 층에서도 많이 나타난다고 한다. 그렇기 때문에 어느 누구라도 치매에 걸릴 가능성은 있다.

그런데 치매는 아직도 완치가 없다. 다만 치매가 더 이상 진행되지 않도록 뇌의 활동에 도움을 주는 영양제를 복용하거나 그런 성분이 든 음식물을 취하는 것만이 최선책이라고 한다. 음식물의 경우, 연어는 오메가3 지방산이 들어있어서 치매를 예방할 수 있으며 강황은 우울증을 낮추고 마음을 편하게 해준다. 그리고 사과와 체리 같은 붉은 과일이 신경세포의 노화와 퇴행을 상당히 억제해주고 견과류는 뇌의 활성화와 노화를 방지한다고 한다.

이런 음식들을 모든 사람이 치매에 걸리지 않도록 항상 취해야겠지만 아무리 그런 음식물을 취하며 조심스럽게 생활한다 해도 남에게 치매에 걸렸다거나 치매에 걸리라는 막말을 하는 마음을 가진 사람에게는 말짱 헛일일 것이다.

알코올성
치매

군 복무를 마치고 대학교에 복학하기 이전에 잠시 직장생활을 했을 때였다. 영업부 과장이 퇴근 후 식사 겸 술 한잔하자고 해서 동료들과 함께 회사 인근 식당에 갔었다.

우리는 홀에서 보내고 있었는데 방 안에 있었던 어떤 손님이 화장실에 가기 위해 나왔었는지 우리 옆을 지나가다가 우리의 테이블 옆에 서더니 과장을 보고 이름을 불렀다. 그러자 과장은 그를 한번 쳐다본 뒤 표정이 굳어지면서 달갑지 않게 응답했다.

"우리 회사 직원들하고 회식하는 중이니까 나중에 보자"

하지만 그 사람은 과장의 어깨에 손을 얹으며 말을 이어갔다.

"야, 오랜만에 만났는데 그렇게 말하니까 섭섭하구나, 그럼 나중에 연락할 테니 명함이나 한 장 줘라"

그러자 과장은 몹시 짜증 나는 목소리로 버럭 화를 냈다.

"지금도 학교 다닐 땐 줄 아니? 난 옛날의 내가 아니야. 그만 좀 가줘라, 나 혼자 있는 것도 아니고, 명함도 너 주려고 만든 거 아냐"

과장은 학교 동창에게 그렇게 대한 뒤 그가 돌아가도록 했다. 그런 다음 그의 학창시절에 대해 얘기해주었다.

"학교 다닐 때 저 친구 나쁜 것으로 꽤 유명했었어. 동창들에게 돈을 빌린 뒤 갚지 않는 것은 물론이고 괴롭히며 싸움을 거는 등 사고를 많이 쳤는데 나도 많이 당했었어, 그런데 학교 졸업 후 그를 만났었던 다른 친구들이 그러는데, 저 친구는 하나도 변한 게 없대. 학교 다닐 때처럼 다른 사람들에게 그런 행동을 일삼는데 심지어 동창들을 만났을 때도 너무 뻔뻔하게 굴어서 모두가 싫어하고 무시해. 그런데 뭐 특별히 하는 일도 없으면서 매일 술이나 마시고 다닌다고 하니…"

사실 나는 과장이 그 사람에게 그런 식으로 대했을 때 몹시 긴장했었다. 만일 그 사람이 과장의 말에 반감을 품었었다면 그 자리는 아마도 아수라장이 됐었을 것이다. 그런 일 없이 우리의 자리가 잘 지켜졌던 것이 다행이었다.

그런데 그때 당시 과장의 나이가 30대 초반이었으니까 그들의 만남은 고등학교 졸업 후 10년은 충분히 지났을 것이었다.

10여 년이나 지난 뒤 두 사람이 다시 만났건만 그것도 고향인 인천이 아닌 서울의 어느 식당에서 그렇게 우연히 만났는데 과장이 그 사람을 얼마나 싫어했으면 그렇게 대했을까!

그리고 다시 15년 정도가 흐른 어느 날 놀랍게도 나는 그 사람을 만나게 되었다. 내가 잠시 인천항 인근의 중국 관련 무역회사에서 일을 봐주던 때 옆 사무실 사장이 중국에서 보낸 팩스용지를 가져와서 내용에 관해 묻기에 알려주게 되었다. 그러면서 그는 자신의 과거사를 펼쳤는데 어디서 본 듯한 그 얼굴이 그의 이야기에 비추어보니 그 사람이 틀림없었다.

그는 우리나라와 중국의 수교 이후 중국에 배를 타고 물품을 전해주는 일명 '따이꽁' 일을 하다가 직접 사무실을 차려 운영하게 되었다고 했다. 독신으로 허송세월을 살아오다가 우연히 중국무역을 하는 사람을 알게 되어 배를 타고 물건을 전해주는 일을 하게 되었는데 쉬지 않고 열심히 일한 결과 자신이 직접 운영하는 무역사무실까지 내게 되었다고 했다. 그러면서 '따이꽁' 일이 자신에게 딱 맞는 일이라면서 자신에게 이 일을 알려주고 사무실까지 낼 수 있도록 해준 사람이 자신의 인생을 바꿔준 귀인이자 평생의 은인이라고 했다.

나는 그의 얘기를 들으며 그가 나의 과거 회사 과장과 동창인지 확인하기 위해 그가 말하는 것에 따라 반응해주면서 출신 고등학교와 졸업 연도 등을 물어보았었다. 하지만 내가 결코 이전에 그 과장과 함께 서울의 어느 식당에서 그를 만난 적이 있었다는 것에 대해서는 말하지 않았다.

그는 자신이 중학교 시절부터 잘못 살아왔다며 후회했다. 그리고 고등학교를 졸업한 이후 자신과 어울려주는 사람이 없어서 외롭고 서글퍼 술을 친구로 삼아 살아왔다고 했다. 나는 그 사람의 많은 얘기를 들으면서 어떤 안타까움과 감동 같은 것을 동시에 느꼈다.

그리고 며칠 있으니까 그의 사무실에서 함께 일한다는 직원이 찾아왔다. 그래서 그에게 그 사장의 안부를 물었더니 묘한 대답을 했다.

"우리 사장님 정신이 들어왔다 나갔다 해요"

그러면서 자신의 사장이 술로 산다는 등 몇 마디를 더했다.

난 그 당시 그 사장에게 무슨 일이 있는지 알아볼 생각도 하지 않고 그저 그 사장에 대한 관심을 끊었다. 그러면서 옛날 회사에 다닐 때 과장에게 들었던 그의 품행을 떠올리며 그 사람이 다시 옛날 생활방식으로 돌아갔다고만 생각했었다.

그런데 내가 무역사무실을 떠날 때쯤에 그가 망령이 들어 사라졌다는 소문이 있었다. 내가 짐작하기에 지금의 말로 하면 치매에 걸렸던 것 같다.

25년 전쯤엔 치매라는 단어를 사용하지 않았고 그런 병에 대해서 관심도 없었기에 망령이란 표현을 했었을 것이다. 그가 만일 치매에 걸렸다면 아마 알코올성 치매였을 것이다. 알코올 중독자만큼 술을 가까이해왔다는 그의 뇌에는 알코올로 인해 이상 단백질이 쌓이면서 뇌세포가 점차 파괴되어 기억력을 잃고 성격까지도 변하게 되었을지도 모른다.

그는 그 당시 50대 초반이었다.

얼마 전 TV를 시청하면서 록그룹 '부활'의 김태원 씨가 알코올성 치매를 앓았다는 얘기도 들었다. 이제 치매는 고령자만의 질병이 아니다. 술을 가까이하는 우리나라 젊은이들이 술로 인해 필름이 끊겼다는 얘기들을 자주 한다. 알코올로 뇌에 해를 입히는 것은 뇌혈관의 손상으로 뇌혈관 질환이 발생하는 것이나 다를 바가 없을 것이니 금해야 할 것이다.

인간의
본성은 선(善)

'노벨'의 인생이 바뀐 것은 자신에 대한 오보 부고 기사 때문이었다고 한다.

노벨이 다이너마이트를 발명하여 세계적인 부자가 된 뒤 프랑스를 여행하고 있을 때였다. 그는 호텔에서 신문을 보았는데 '알프레드 노벨 사망'이라는 제목과 함께 노벨이 발명한 다이너마이트가 전쟁 무기로 사용되면서 많은 사람들의 목숨을 앗아갔기 때문에 그의 죽음을 애도하지 않는다는 기사를 읽었다. 그 기사는 그의 형이 사망한 것을 기자가 알프레드 노벨이 사망한 것으로 잘못 알고 그렇게 썼던 오보였다.

하지만 노벨은 그 기사를 읽고 자신이 죽는다면 세계적인 발명가라는 말과 그렇게 많은 돈도 모두 소용없고 또한 역사의 죄인으로 남을 것이라는 생각을 했다. 그래서 그는 속죄하는 마음으로 모든 재산을 국가에 헌납하여 그 기금으로 노벨상을 만들었다고 한다.

그런 이야기에 대부분의 사람들이 공감하였기에 그가 만든 노벨상은 지구촌 최고의 영예로 인정받았으며 그에 대한 이야기 또한 지금껏 이어져 오고 있을 것이다.

만일 그 이야기에 다른 사람들이 공감하지 않았다면 노벨상이 세상에 미치는 영향은 그리 크지 않았을 것이다. 세상 사람들이 노벨에 대한 이야기를 듣고 공감할 수 있었던 것은 그의 전후 행동 모두에 대한 옳고 그름의 판단 기준이 대부분 일치했기 때문이었을 것이다. 그런데 그 보편적 기준은 바로 인간이 근본적으로 선하다는 것으로써 그것은 시대가 바뀌어도 변하지 않는 인간의 유산이다.

노벨이 선(善)을 추구하게 된 것에 대한 이야기와 비슷하게 전해오는 소설이 있다. 찰스 디킨스가 1842년에 발표한 '크리스마스 캐럴'인데 주인공인 구두쇠 영감 스크루지는 유령들과 함께 여행하며 그의 과거와 현재, 미래를 본다. 그는 이후 가족과 이웃에 대한 사랑의 소중함을 깨닫고 개과천선하여 타인에게 사랑을 베풀며 여생을 보냈다.

노벨이나 스크루지는 결국 선을 추구했다.

'권선징악(勸善懲惡)'에 바탕을 둔 우리나라의 이야기들에는 '콩쥐 팥쥐'와 '흥부전'이 있다. 그런 이야기들의 형태는 착한 것은 권하고 악한 것은 징벌한다는 것인데 그런 이야기들이 요즘

엔 진부하게 느껴진다고 해도 역시 동서양의 많은 이야기들이 권선징악으로 끝을 맺고 있다.

그래서 인간이 선을 지키려는 마음과 행위는 세상이 발전하고 아무리 달라진다고 해도 항상 그대로 유지되는 본성인가 보다. 만일 이런 본성이 때에 따라 바뀔 수 있다면 세상은 엄청 혼란스러워졌을 것이며 그로 인해 인간 세상은 이미 파멸되었을지도 모른다.

그러나 그렇지 않았기에 그런 이야기들이 세월을 넘어 후대 사람들에게까지 전해지면서 많은 사람들이 그 이야기들로부터 영향을 받아 순화되어 살아간다. 그리하여 선을 주제로 한 이야기들이 학교와 같은 교육기관에서 교육 자료로 사용되며 인쇄물이나 라디오, TV, 영화 등의 주요 소재가 되어 많은 사람들도 공감한다.

선(善)이란 정말로 인간의 본성일까? 아니면 선하게 사는 것이 좋다는 것을 삶을 통해 깨닫고 그 경험들이 전해지면서 선을 지키고 추구하게끔 교육으로 형성되었기 때문일까?

잘은 모르지만 어쨌든 인간이 선을 추구하기에 지구상에 아무리 많은 악이 등장한다고 해도 결국 선이 악을 누르고 인간의 삶은 이어져 오고 있다. 그러니 선이 인간의 본성이기를 믿으면서 그런 본성이 절대로 변하지 말고 인간에게 영원히 지속하기를 바란다. 그래야 치매와 코로나 같은 병도 결국엔 사라지게 될 것이다.

PART

4

그럼에도

나의 증상

어머니가 치매를 앓으시며 나타내는 행동을 보면 어머니가 불쌍하고 안타깝다. 그런데 내 나이도 60대 중반을 넘어서고 있고 어머니로부터 치매 유전자를 받았을지도 모른다는 생각에 나도 치매에 걸릴 것이라는 강박관념으로 불안과 걱정 그리고 우울함이 반복적으로 교차했다.

내가 그런 감정들을 갖게 된 것은 아마 어머니를 찾아뵈며 겪는 현실적 상황에서 비롯된 것일 거다. 하지만 거기에다 TV를 시청하는 가운데 치매에 대한 광고를 접하면서 더욱 더 그렇게 된 것 같았다.

난 오래전부터 성인병을 예방하기 위해 이미 잡곡류와 채소, 생선을 많이 먹고 담배는 금연 그리고 술은 일주일에 호프 한 병 정도를 마시며 지내었다. 그러다가 어머니가 치매에 걸린 이후부터 과일과 견과류, 원두커피와 섞은 우유 한잔을 식전에 먹고 매일 등산과 근육 운동을 하며 밝은 생각과 함께 즐겁게 살려고 애쓰고 있다.

그런데도 최근 들어 과거에 느끼지 못했던 신체적 어눌함을 느끼면서 그것이 치매의 전조인지도 모른다는 생각에 무척 놀랐다. 그리하여 우선 나의 그런 상태들을 면밀히 살펴 기록한 뒤 그런 내용에 따라 치매 전문가들과 상담하며 치매 검사를 받기로 했다.

갑작스레 내 몸에 찾아와 나를 놀라게 했던 내용을 살펴보면 먼저 학생들과 영어수업을 하면서 어떤 영어 단어들은 생전 처음 접하는 것처럼 그 단어들에 대한 모든 것이 전혀 떠오르지 않았다. 얼마나 심각했었는지 같이 공부하는 학생들이 오히려 놀라면서 내가 이상해졌다고 말하기까지 했다. 충격이었다.

그런데 사실 이와 비슷한 현상이 사람들과의 대화에서도 나타나고 있다는 것을 나는 이미 경험했었다. 내가 말을 하는 도중에 그 말에 맞는 적합한 단어가 떠오르지 않아 당황한 적이 있었다. 나는 그런 대화 이후, 당시에 했었던 말을 기억하며 혼자서 그 말을 다시 뇌까리는 습관도 생기게 되었는데 이전엔 그런 일들이 없었다.

다음으로 최근에 등산하며 생긴 일이다. 하산하면서 돌계단을 밟는데 나의 발이 내가 의도하는 곳에 정확히 놓이지 않아 넘어질 뻔했던 경우가 있었으며 어떤 때는 발가락 끝부분을 안쪽으로 또는 바깥쪽으로 방향을 틀려고 해도 생각에 따라 잘 움직여

주지 않는다는 것을 느끼기도 했다.

그런데 그처럼 신체적 활동이 뇌의 명령에 따라 잘 이뤄지지 않는 경우가 이전에도 간혹 있었다. 문에 부착되어있는 전자키의 번호를 누를 때 손가락 끝이 누르려는 번호에 정확하게 닿지 않아 오류를 일으키기도 했었다.

또한 자동차 운전을 하면서 도로를 선택하거나 신호등을 보고 정지 또는 주행을 판단하는 것이 둔화되었으며 자동차를 후진 주차할 때 자동차를 주차 선에 잘 맞추었다고 했는데도 삐뚤어지게 주차되곤 했다.

그리고 어떤 일에 대하여 결정을 잘 내리지 못하는 일이 허다했으며 우울함 등의 감정변화가 많아져 작은 일에도 예민해지는 것이 일쑤였다. 오죽하면 그런 나의 모습을 보고 아내는 내가 노처녀 히스테리 같다고 말할 정도였다.

나 자신이 느끼기에도 이런 증상들이 급작스럽게 나타난 것에 대하여 놀라지 않을 수 없었으며 그에 따라 치매를 떠올릴 수밖에 없었다. 그래서 나는 내가 거주하는 지역의 치매안심센터에 전화했다. 그리고 그곳을 방문하여 상담과 함께 치매 검사를 받기로 했다.

치매
증상이란

치매 검사를 받기 전에 인터넷상에 있는 치매와 관련된 내용을 샅샅이 읽어보았다. 특히 치매 증상에 대하여 깊은 관심을 두고 나의 증상과 비교해 보았다.

치매의 다양한 증상들은 기억력 저하증상을 비롯하여 인지기능 약화증상과 정신행동의 이상 증상 등으로 나눌 수 있다고 한다.

기억력 저하증상은 초기에는 최근에 있었던 일을 기억하지 못하는 단기 기억력의 감퇴가 주로 나타나며 그로 인해 새로운 정보를 습득하는 능력을 잃게 되고 시간이 지남에 따라 장기 기억력의 감퇴도 동반된다고 한다.

인지기능 약화증상은 현재의 시간과 지금 내가 있는 장소, 나와 같이 있는 사람을 인식하는 것 등에 어려움이 있는 경우다. 그 가운데 날짜와 계절에 대한 감각이 떨어지는 시간 지각력의 장애가 있고 언어장애는 언어 소통에 있어서 단어가 떠오르지 않거나 사물이나 사람의 이름을 기억하지 못하며 적절한 단어를 사용하지 못하고 다른 단어를 사용하는 경우라고 한다. 그리고 시공간 능력이 떨어지면 자주 다녀 익숙했던 거리에서 길을 잃을 수 있는데 심한 경우 집안에서도 방이나 화장실을 찾아가지 못하는 증상과 자동차를 운전하는 경우에 목적지를 제대로 찾아갈 수 없게 되기도 한단다. 실행능력의 문제는 감각 및 운동기관이 온전한데도 불구하고 목적성 있는 행동을 못하는 경우인데 초기에는 운동화 끈을 매지 못한다거나 도구의 사용법을 잊어버려서 집안의 간단한 도구인 가스레인지 혹은 텔레비전 등을 적절하게 사용하지 못하게 된다고 한다. 판단력의 문제로는 돈 관리를 제대로 못 하게 되며 때로 필요 없는 물건을 사기도 한단다.

정신행동 이상 증상으로는 망상과 의심이 있는데 기억력이 떨어져 기억이 나지 않는 부분을 남의 탓으로 돌리기 때문에 의심이 증가할 수 있다고 한다. 의심이 심해져서 다른 사람의 설득이나 설명으로는 바로잡아지지 않을 정도로 고착되어있는 경우를 망상이라고 하는데 망상은 '누가 내 물건을 훔쳐갔다', '가족들이 나를 해치려고 한다', '배우자가 바람을 핀다'라는 등 다양하게 나타날 수 있다고 한다. 이와 함께 환각과 착각의 경우 실제로 없는 소리를 듣는 환청이나 사물과 사람을 보는 환시가 가장 흔하다고 한다. 환각이 발생할 경우 그 감각을 실제와 똑같이 느끼게 되므로 환각의 내용에 따라 감정변화가 동반될 수 있다고 한다. 또한 우울 증상은 치매와 동반되어 치매 환자의 4-50%에서 나타나는 매우 흔한 증상이란다. 치매 초기에 많이 발생하며 우울한 기분과 흥미 상실, 의욕저하, 식욕 변화, 수면 변화를 느낀단다. 무감동은 즐거운 일이나 슬픈 일에 대한 감정을 느끼거나 표현하지 못하는 상태로써 우울증과 혼동될 수 있으나 무감동의 동기 부족은 우울증과 달리 불쾌한 감정이나 수면 문제, 식욕 변화와 같은 생장 증상을 동반하지는 않는단다. 초조란 분명한 욕구와 의식의 혼돈 없이 나타나는 부적절한 언어와 음성, 움직임인데 초조 증상을 보이는 경우 의도적으로 어떤 목적을 가지고 행동하지는 않는단다. 초조 증상은 매우 다양하여 초조 증상을 보이는 치매 환자는 안절부절못하고 같은 행동을 반복하거나 이것저것 뒤질 수도 있고 폐품과 종잇조각 등 별 가치가 없는 물건을 수집하여 모아 부적절한 장소에 숨기기도 한단다. 공격적인 행동을 하는 경우는 소리를 지르고 욕을 하는 등의 언어적 공격성과 때리고 발로 차는 등 신체적 공격성을 보일 수도 있단다. 초조와 공격성을 함께 보이는 경우는 갑자기 화를 내는 등 감정과 행동이 급격하게 표출되는 파국 반응을 보일 위험이 높다고 한다.

치매 검사

평소 버스 외부에 부착된 치매안심센터 광고에 관심을 두고 있었다. 그것은 얼마 전까지만 해도 어머니 때문이었는데 이젠 오히려 나 때문이었다.

정부는 2017년부터 치매 환자에 대한 부담을 국가가 지원하는 '치매 국가책임제'를 시행해오고 있다. 치매안심센터는 전국의 각 시군구 보건소에 설치된 치매 허브 기관으로써 치매 환자와 가족의 1:1 상담부터 검진과 치매 쉼터, 가족 카페, 맞춤형 사례관리까지 모든 치매 관리서비스를 제공한다.

난 내가 거주하는 지역인 계양구 효성동에 위치한 치매안심센터에 전화하여 상담과 검사를 받기로 약속한 뒤 방문했다.

코로나바이러스 방역을 위한 과정을 거친 뒤 담당자와 만나 책상 위에 설치된 투명 가리개를 사이에 두고 마주 앉았다.

담당자는 나의 주소와 학력 등의 신원을 파악한 뒤 나의 증상을 물었다. 그런 다음 준비된 방법에 따라 질문하는 것으로 검사를 시작했다. 요일과 날짜 등에 관한 질문을 시작으로 청력과 시력 등에 관해 물어보더니 어떤 단어를 거꾸로 말하게 하였고 어떤 문장을 암기시킨 다음 과일과 채소 이름들을 계속해서 말하게 했다. 그리고 학창시절 수업과 적성검사에서 접했던 '수열'과 같은 문제들을 풀고 제공된 도형을 보고 똑같이 선을 그어 완성하라고 했다. 그러더니 조금 전에 암기했던 문장을 말해보라고 했다. 아마 기억력을 확인하기 위해 그런 과정을 거친 것 같았으며 끝으로 행동에 관한 테스트로써 박수를 몇 번 치고 말하게 했다.

이런 방식으로 모든 검사를 마친 결과 나의 상태는 치매와 관련이 없다는 결론이 내려졌다. 만일 관련이 있는 것으로 확인되었다면 전문의 임상평가까지 무료로 할 것이라고 했었다. 그렇지만 그곳에서의 검사결과가 이상이 없는 것으로 나왔으니 앞으로 6개월 동안 지금의 증상이 계속되는지 살펴본 뒤 다시 검사를 받을 수 있다고 했다. 하지만 혹시 의구심이 있거나 더 자세히 알고 싶다면 개인적으로 병원 정신과나 신경과를 찾아 구체적인 검사를 받아보라는 말도 해주었다.

난 그곳을 방문하기 이전에 인터넷에서 치매에 관한 증상과 나의 증상을 비교하던 가운데 치매 증상이 갱년기 증상과 일치하는 게 있다는 것도 알아냈었다. 그래서 끝으로 상담자와 일상의 얘기처럼 잠시 갱년기에 관한 얘기도 나눠본 뒤 나의 치매에 대한 모든 상담과 검사를 마쳤다.

내가 인터넷에서 알아본 갱년기 증상은 이랬다.

갱년기란 인체가 성숙기에서 노년기로 접어드는 시기에 나타나는 현상으로 신체 기능이 대개 마흔 살에서 쉰 살 사이에 저하된다고 한다. 여성의 경우 월경이 정지되며 남성의 경우 성 기능이 감퇴하는 현상이 나타난다고 한다.

여성의 증상으로는 두통과 수족이 차가워지며 어깨 결림과 기억력 감퇴 따위의 증상이 나타난단다. 또한 보통의 우울증보다 불안이나 고민이 심해 침착성이 떨어지며 초조와 흥분의 정도가 강해진다고 한다.

남성의 증상으로는 성생활과 관련된 것이 먼저 나타나 성욕 감퇴와 발기부전, 성관계 횟수 감소 등 성 기능이 감소하는 양상을 보인다고 한다. 그 외에 원인을 알 수 없는 무기력감과 만성 피로, 집중력 저하, 우울증, 불면증, 자신감 상실, 복부 비만, 체모 감소, 근력 저하, 관절통, 피부 노화, 안면홍조, 심계항진, 발한, 골다공증 등이 나타난다고 한다.

나는 갱년기 나이를 지났기 때문에 나의 증상을 갱년기에 나타나는 현상이라고 여기기에는 부적절한 면이 있지만 아마 갱년기가 늦게 나타난 모양이라고 합리화시키며 나의 증상을 심각하게 받아들이지 않기로 했다. 어쨌든 갑자기 나에게 나타난 그런 증상들 때문에 치매 검사라는 것도 받게 되면서 치매에 대하여 더 주의하게 되었다. 그리고 또한 갱년기에 대한 상식도 넓어지면서 갱년기를 지나고 있는 아내의 어려움도 적극 이해하며 보살펴주려는 마음도 우러났다.

치매에
걸렸더라도

치매 검사를 받기 위해 치매안심센터에 가려니 오만 가지 생각이 들면서 몹시 심란했었다.

'만일 치매에 걸렸다면 어떻게 살아갈 것인가?'

아마 좌절할 것으로 여기겠지만 꼭 그렇지만은 않을 것이었다. 얼마 전 일본의 치매 전문 의학박사인 와다 히데키 박사(전 도쿄대 부속병원 신경정신과 교수)가 쓴 책을 읽은 것이 치매로부터의 두려움에서 벗어나는 데 도움이 됐었기 때문에 치매 검사를 받겠다는 마음마저 먹을 수 있었던 것이다.

"치매에 걸렸다고 모든 것을 잃는 것이 아니라 오히려 치매 때문에 행복할 수 있다", "치매란 나이가 들면 생기는 병이라는 것을 받아들일 때 감정이 안정되면서 오늘을 즐겁게 사는 원동력이 만들어지고 치매 병세도 늦출 수 있다"

치매에 걸렸다 하면 불과 2년도 되기 전에 가족을 몰라볼 경우가 있다고 하지만 20년 정도 천천히 진행되다가 천수를 다하는 경우가 더 많다고 한다.

그런데 치매에 걸렸더라도 천수를 누리려면 가족이나 지인들과 어울리면서 항상 즐겁게 소통하는 생활을 해야 한다고 한다. 그렇게 하면 치매의 대표적 증상인 망각이 심각해지지 않으면서 치매의 진행 또한 느려진다고 한다.

그러므로 가정에서나 사회적으로 치매 환자를 따로 격리한다거나 무조건 환자처럼 돌보려고만 할 것이 아니라 기존에 생활했던 것처럼 그대로 유지해주는 것이 더 중요하다고 한다. 치매 환자는 새로운 것을 기억하지 못하거나 금방 잊어버리지만 옛날 일은 잘 기억하기 때문에 어린 시절의 추억을 화제로 삼아 이야기를 나누면 대화가 잘 이어지면서 뇌세포도 좀 더 활성화될 수 있다고 한다.

또한 고독감이나 소외감이 없으면 문제행동도 없게 된다고 한다. 주변인들이 자신을 부정하는 말을 한다거나 어린애 다루듯 하면 자존감에 상처를 입어 불안과 불만이 커지고 분노가 치솟는 등 문제행동이 심하게 나타날 우려가 있다고 한다. 그러므로 집안에서 식구들이 대하는 태도가 달라져서는 안 되며 일이나 취미 등 일상생활을 그대로 지속하도록 해주는 것이 절대적으로 필요하다고 한다.

치매에 걸리면 지능이 떨어진다고 하는데 그것은 오해라고 한다. 계산은 잘 안 되더라도 그동안 살아왔던 익숙한 환경에 있다면 일반적인 생활을 하는 것에 큰 지장이 없기에 그림을 그리는 화가는 그림을 계속 그릴 수 있고 농부도 농사를 떠나지 않을 수 있다고 한다. 그래서 치매 환자의 90%가 돌봄 서비스만을 받으면서 일상생활을 지속할 수 있단다.

이런 면들을 볼 때, 내가 치매에 걸릴 것을 가정한다면 우선 생활환경을 미리 조성해 놓아야 할 것 같다. 평소 관심이 있었던 노후의 농어촌 생활을 서서히 준비하면서 해당 지역의 사람들과 교류를 시작해 놓아야 할 것이다. 그렇게 하기 위해서 당연히 가족과 친척들에게 나의 변화될 상황에 대해서도 알려놓고 다음으로 내가 하는 일과 생활했던 장소 등에 대한 내용을 글과 사진 또는 영상물 등의 기록으로 남길 것이다. 그렇게 하면 치매에 걸렸더라도 그것들을 보고 과거를 기억하며 재미를 느끼면서 주변 사람들과 어울려 지낼 수 있을 것이다.

그런데 치매에 대비하여 아무리 어떤 계획을 세운다 하더라도 가장 중요한 것은 경제력일 것이다. 그래서 지금의 각종 자산을 향후 활용하기 위해 살펴보는데 또 한편으로는 치매 보험에 가입하는 생각도 갖게 되었다.

그래서 치매 보험을 알아보니 이미 모든 보험회사들이 취급할 정도로 큰 상품이 되어있었다. 하지만 나는 어머니가 치매를 앓고 있음에도 치매 보험에 크게 관심을 두지 않았으며 기껏해야 TV에서 드라마처럼 제작된 광고만을 알 정도였었다.

어쨌든 치매 보험에 대한 필요를 느끼게 되면서 각 보험사별로 판매하는 치매 보험을 비교 분석한 결과 경증부터 혜택을 받는 보험에 가입하는 것이 좋겠다고 판단했다. 그래야 내가 직접 보험급여를 받으며 종전과 같은 생활을 지속할 수 있을 것이다. 그러다가 나중에 치매가 더 심해지면 호그벡 마을과 같은 곳에서 생의 마지막 시간을 보내고 싶다.

치매로 가족에게 고통을 주고 싶지 않다. 실제로 치매 보험의 항목을 보면 치매 환자는 물론, 가족을 위한 것인 '치매 가족 안심보험'이란 말이 더 적합하다는 것을 알 수 있다. 가족 가운데 치매 환자가 있다면 가족은 환자를 보살피느라고 경제활동을 제대로 하기가 쉽지 않다. 환자의 치매 정도가 경증이든 중증이든 혼자 두었을 경우 기억과 인지, 판단 등에서 어떤 일이 일어날지 모르기 때문에 치매 환자를 두고 가족은 불안과 걱정 속에 지낼 수밖에 없기 때문이다. 결국 가족이 직접 돌보지 못할 경우엔 요양보호사나 간병인을 둔다든지 요양원 등에 입원시키게 된다. 하지만 그 비용이 만만치 않다. 그래서 가족들 사이에 다툼이 일기도 하면서 환자는 그만 원망의 대상이 될 수도 있다.

치매 환자 85만 명에 치매 환자 가족 315만 명 그리고 앞으로도 그 숫자가 점점 늘어만 가는 시대에 누가 감히 치매와 상관없다고 장담할 수 있겠는가?

열 재미로
치매랑 산다

　어머니는 이미 오래전부터 어떤 일들에 대해 잘 기억하시지 못했는데 그러실 때마다 아버지는 어머니께 정신줄 놓지 말라며 구박하셨고 우리 자녀들은 그런 어머니를 무심히 대하곤 했었다. 그러더니 급기야 5년 전부터 어머니의 망각증세가 심각해지자 자식들은 어머니에 대해 걱정하기 시작했다. 그러나 그런데도 아버지는 어머니가 나이 들어서 그런 것이라며 넘겨버리고 마셨다.

　치매는 망각과 인지 판단 등에 문제가 생겼을 경우를 두고 하는 말인데 그럴 경우 아무리 의학적 진단을 받았다 해도 그것을 치매로 여기며 너무 심각하게 볼 필요는 없다고 나는 생각한다. 누구나 나이 들면 망각과 인지, 판단능력은 떨어질 수 있다고 본다. 다만 과거에 망상을 하는 사람을 두고 노망에 걸렸다든지 망령들었다고 했듯이 그런 경우라야 치매라는 표현이 맞을 것 같다.

어머니는 기억에 문제가 발생한 이후에도 오랫동안 아버지와 함께 생활하시거나 아파트 주민들과 어울리셨지만 별 다른 문제를 일으키지 않으셨다. 그런데 아버지가 뇌경색으로 병원에 입원하시면서 혼자 집에 계시는 시간이 많아지자 기억력이 더 약화하고 심지어 인지와 판단력마저 떨어지더니 아버지가 돌아가신 뒤엔 망상 증세조차 나타내시기 시작했다.

그 이유는 어머니가 누군가와 대화를 나누지 않고 지내셔서 그런 것인데 특히 코로나로 인해 아무도 만날 수 없기 때문에 더욱 더 그렇게 된 것 같다. 그래서 난 어머니가 가족들과 대화를 나누며 함께 생활하시도록 해야겠다는 결정을 내렸다. 물론 그 이전에 어머니가 혼자 치매 질환을 앓고 계시기에 당연히 어머니를 가까이서 보살펴드려야 한다고 마음먹었었다.

하지만 어머니는 아버지와 사셨던 집을 떠나지 않겠다고 고집하시기에 그저 걱정만 하고 있는데 그러다간 결국 불행한 일이 일어날 것만 같아 속만 타들어 간다.

그런데 염치없게도 어머니의 치매 상태를 보며 한편으론 나자신의 앞날도 염려되기 시작했다. 나도 왠지 치매에 걸릴 것 같은 생각이 드는데 어머니 때문에 치매에 관한 여러 정보들을 습득하게 되면서 두려움을 별로 크게 느끼지 않고 있다. 그 이유는 치매에 걸리더라도 그저 치매랑 살면서 가족이나 주위 사람들과 어울려 지내며 치매 진행을 최대한 늦추고 내가 하는 생활을 유지한 채 천수를 누려야겠다는 마음을 가졌기 때문이다.

그렇게 하기 위해 지금까지 살아오면서 경험했던 10가지 재미에 대한 흔적을 남기며 계속해 가기로 했다. 그러다 보면 치매에 걸리더라도 그 내용을 보고 과거를 기억하면서 현재를 이어가는 데 도움이 될 것으로 판단했다.

10가지 재미 가운데 무엇보다 중요한 첫 번째는 매일 일기를 쓰는 것이다. 그것은 오래된 과거의 기억보다는 단기기억을 유지하기 위한 것으로 기억력 저하를 막는 데 도움이 될 것으로 생각했기 때문이다.

다음으로 두 번째는 사람들과의 어울림이다. 이를 위해 아내가 나의 분신이 될 만큼 아내와 나의 모든 것을 함께 나눌 것이다. 그리고 많은 지인들과 어울리는데 가능하면 그들과 취미 생활을 공유할 수 있다면 좋겠다. 그러면서 그 취미를 사회적 활동으로 만들어 살아남기 위해 몸부림치는 동물적 본능처럼 지속할 것이다.

세 번째는 영화와 음악 감상이다. 영화 보기를 즐기며 영화 속 삽입곡으로 쓰였던 팝송에 심취하면서 영화와 팝송 CD들을 많이 모아놓았다. 이제 그들을 잘 정리해놓고 자주 감상하는 습관을 지니면 기억도 유지되고 두뇌에 기억을 저장하는 능력도 약해지지 않을 것 같다.

네 번째는 그림 그리기와 사진 찍기다. 어린 시절엔 만화 그리기와 사진 찍기를 좋아했었다. 이제부터는 그림을 그리기 위해 사진을 찍을 것이다. 마음에 드는 피사체를 찍어서 인화한 뒤 그것을 보고 그림으로 그릴 것이다. 그렇게 생활하면서 보관된 지난 사진과 그림을 보게 되면 당시 상황이 추상되면서 두뇌 활동에도 도움이 될 것이다.

다섯 번째는 운동이다. 건강을 위해 운동을 하지만 현장에서 경기를 관람하면 속도감 있거나 탁 트인 장면들을 통해 두뇌 운동에도 도움이 된다고 한다. 야구와 축구 등의 넓은 시야 속 경기를 보면서 빠른 움직임의 부분에 초점을 맞출 때 두뇌도 활기를 찾고 총기도 유지될 수 있을 것 같다.

여섯 번째는 목공예 취미 생활이다. 나는 오래전부터 나무로 공예품을 만드는 것을 취미로 갖고 싶었다. 그래서 기회가 될 때마다 공구들을 구매해 놓았지만 학생들에게 영어를 가르치느라고 자주 활용할 수는 없었다. 그래도 그 공구들을 이용하여 목각을 한다든지 침대와 탁자, 의자 등을 만들어놓았는데 앞으로는 작은 생활 가구 등을 만드는 창작적인 일에 두뇌를 활용하고 싶다.

일곱 번째는 음식이다. 세상의 진미를 맛보기 위해 나서고 싶다. 그러면서 미각을 발달시켜 나중에 두뇌로 기억하지 못한다면 미각으로 추억을 더듬을 것이다. 아울러 건강이 허락된다면 세상의 맛을 찾아 여행도 하고 싶다.

여덟 번째는 식물 기르기다. 어린 시절부터 화초를 길러오면서 식물과 함께 생활하는 것이 정서적으로 몹시 이롭다는 것을 많이 경험했다. 그렇게 식물과 공존하며 관리한다는 것은 결국 정신에 양분을 공급하는 것과 같아 정신건강을 지키는 데 큰 효과가 있다.

아홉 번째는 장소 찾아가기다. 이 말은 추억을 찾아 나선다는 것과 비슷한 의미로서 기억을 유지하고 살리는 데 가장 큰 방법이 될 것이다. 그것을 위해 내가 태어난 이래 추억이 있었던 곳을 두루 찾아가며 기록해 둘까 한다.

열 번째는 글쓰기이다. 내 인생 유종의 미를 거둘 수 있도록 앞에서 말한 일들을 열심히 실행하며 그에 대한 경험들을 글로 남길 것이다.

호그벡
마을처럼

치매 보험에 대해 알아보면서 치매 환자들이 모여 산다는 네덜란드 호그벡 마을을 알게 되었다. 우리나라 여러 언론사와 단체가 그곳을 방문하여 실생활을 소개했다. 그중에서 '베네핏 매거진'의 이은수 기자가 인터넷에 올린 "치매 환자의 천국, 네덜란드 호그벡 마을의 비밀"을 읽으면서 우리나라에도 그런 마을이 생기기를 바랐다.

호그벡은 4,500여 평의 부지 안에 커피숍과 슈퍼마켓, 음식점, 공원, 미용실 등을 갖추고 있다. 입주자들은 마을 안에서 일상생활을 누릴 수 있는데 농장에서 채소를 가꾸거나 신앙생활을 하는 것은 물론, 미술이나 요리 등 가벼운 취미 생활도 즐긴다. 그렇다고 치매 마을이 일반 마을과 완전히 똑같은 것은 아니다. 이들이 이용하는 마트에는 가격표가 붙어있지 않으며 미용실에서도 돈을 내지 않는다. 각 상점 등에 배치된 직원은 실제 인력이 아니라 요양 전문 간호사나 간병인, 노인병 전문 의사이기 때문이다. 이들은 마을 안에서 치매 환자와 함께 생활하며 환자들을 돕는다. 하지만 최소한의 개입을 목표로 환자가 길을 잃거나 혼란을 느낄 때만 나선다.

호그벡에는 약 200여 명의 노인이 거주하는데 6~7명씩 한 집에서 생활하고 있다. 일종의 주거 공동체로 입주자들의 특징에 따라 거주 공간이 달라진다. 각 공간은 다양한 특징을 지니며 입주자와 보호자는 설문 등을 거쳐 원하는 곳을 선택할 수 있다. 이는 호그벡 마을의 설계자 이본느 반 아메롱겐(Yvonne Van Amerongen)의 배려에 따른 것이다. 그녀는 서로 생각이 비슷한 사람들끼리 익숙한 환경에 모여 살아야 스트레스도 덜 받고 갈등도 줄일 수 있다고 봤다. 마을 곳곳에서 돋보이는 특징 역시 그녀의 작품이다.

1992년 요양원에서 간호사로 일하던 이본느는 '치매 환자도 삶의 재미를 느낄 수 있어야 한다'라고 생각하여 병원 경영진에게 치매 마을을 제안했고 이후 정부 지원 등을 받아 2009년에 호그벡의 문을 열었다.

호그벡 이용 가격은 정부 지원금을 포함해서 우리 돈으로 치면 1인당 월 700만 원이다. 평균 대기자는 80여 명으로 보통 1년 정도의 대기 기간이 소요된다. 다소 높은 가격과 시간 부담이 있는 셈이다.

호그벡을 물리적으로만 따지면 약 255억 원을 들여 3년 만에 만들어진 곳이다. 하지만 호그벡 마을이 지닌 진정한 가치는 물리적인 환경이 아닌 '치매를 대하는 자세'에 있다. 네덜란드는 2004년부터 '전국 치매 프로그램'을 수립하여 운영 중이다. 조기 대응이 핵심 과제로 '치매 환자가 최대한 일상생활을 유지하도록 돕는 것'을 목표로 하고 있다.

이는 전문가들 역시 강조하는 부분으로, 치매에 관한 가장 현실적인 대안은 ADL(Activities of Daily Living, 일상생활 능력)을 유지해 삶의 질을 지키는 방안을 찾는 것이다. 실제로 네덜란드는 치매 환자의 80%가 가정에서 생활하고 있으며 그중 절반가량은 혼자서 생활한다. 호그벡 같은 요양원에 입소하는 경우는 24시간 관리가 필요한 중증 치매 환자뿐이다. 이렇듯 호그벡은 단순히 한 요양시설의 성공이 아니라 네덜란드 정부의 오랜 노력과 민간의 아이디어가 만나 빛을 발한 경우에 가깝다.

우리나라에도 호그벡의 정신이 담긴 치매 마을이 있어야겠다. 정부에서 직접 나서든지 그렇지 않으면 보험회사나 상조회사 또는 일반기업에서 전국에 호그벡과 같은 마을을 조성하여 운영할 수 있을 것이다.

그렇게 되기를 바라는데 마침 자신들의 재산을 사회에 기부하겠다는 사업자들의 발표가 있었다. 그렇다면 그런 사업이 그들에 의해 이루어진다면 우리나라는 물론 전 세계적으로도 의미가 더 클 것 같다.

김범수 카카오 이사회 의장과 김봉진 '우아한 형제들' 의장인 배달의 민족 창업자가 자신들의 재산 절반을 사회에 환원하겠다는 계획을 밝혔다.

'카카오 이사회' 김범수 의장의 경우 100여 계열사를 거느린 재계 23위 그룹의 창업자로 그가 보유한 주식 가치만 줄잡아 10조 원에 이른다. 카카오는 김 의장이 '자신의 재산이 접근 어려운 사회문제 해결에 사용되기를 바란다'라며 2021년 3월 16일 자발적 기부 운동 '더기빙플레지'의 220번째 기부자로 이름을 올렸다고 밝혔다.

'우아한 형제들' 김봉진 의장이 기부하겠다는 재산의 절반만 해도 5,500억 원 이상이다.

그들의 기부금으로 경증 치매 환자들을 위한 학교가 운영되거나 중증 치매 환자들을 위한 네덜란드 호그벡 마을과 같은 곳들이 전국의 여러 지역에 세워질 수 있다면 좋겠다. 그리하여 국민이 치매에 불안해한다거나 치매가 가족 질환이 된다든지 치매 환자가 재미없는 삶을 살며 마치 어느 순간만을 향하는 듯한 일들이 사라지기를 바란다.

누가 치매를 나와는 상관없는 병이라고 말할 수 있겠는가? 우리는 이미 치매에 걸리지 않으려고 각종 예방적 생활을 해오고 있다. 그렇지만 치매에 걸리지 않을 것이란 어떤 보장도 없고 장담할 수도 없다.

사회적 배려

유종지미의
인생

86세 홍성호 씨는 치매에 걸린 아내에 대해 말하는 동안 눈시울을 붉히며 연신 아내가 불쌍하다고 했다. 그는 한국전쟁 당시 10대 초반의 나이로 북한 평양에서 혈혈단신 피난 내려왔다. 그러나 좋은 사람들을 만나 학교 공부도 할 수 있었으며 전쟁 이후 서울대학교 약학과 교수를 돕는 일을 하면서 생활할 수 있었다. 그러던 중 그 교수의 심부름으로 서류를 받으러 청량리 중앙다방에 갔다가 자신에게 서류를 건네주려고 나왔던 덕성여자대학생을 알게 되었다. 그 여대생은 그 서류를 전해주라고 했던 동국대학교 교수의 딸이었는데 무척 순박해 보였으며 애수의 눈빛도 가지고 있었다. 그는 그 여학생에게 관심을 두게 되었는데 어느 날 그 여대생이 그에게 말한 그녀의 처지를 듣고 연민을 느끼면서 사랑할 수밖에 없었다.

그는 그녀에게 동병상련의 아픔을 느끼며 자신의 후원자인 서울대학교 교수에게 그녀로부터 들은 얘기를 전해준 뒤 그녀와 함께 살 것을 허락받고 결혼식은 올리진 못했지만 백년가약을 맺어 지금까지 살아오고 있다.

그의 아내는 그와 3살 차이인 83세로 15년 전부터 앓고 있는 치매 때문에 현재 요양원에 입원해 있다. 그녀는 덕성여자대학교 3학년 즈음 그녀의 과거에 대하여 아버지로부터 들었단다. 그녀의 아버지는 한국전쟁 당시 동국대학교 교수였는데 신의주에서 피난길에 혼자 울고 있는 그녀를 발견하고 그녀를 등에 업고 제주도까지 내려온 이후 딸처럼 길러왔단다. 그런데 이후 두 명의 여동생들이 생기면서 그녀가 큰 언니가 되었단다. 하지만 모든 가족이 스키장에 가더라도 그녀에겐 집안일만 시키는 등 차별이 있었단다. 그래도 그녀는 그런 것을 큰 딸로서 당연하게 받아들이며 성장했는데 어느 날 그녀가 대학교 3학년이 되었을 즈음 그녀의 아버지가 그녀와의 인연에 대해 말해주면서 그녀에게 독립을 권했단다.

그녀는 충격을 받고 갈피를 잡지 못하던 가운데 그를 만났다. 그들은 온 세상에 의지할 수 있는 사람은 그들 서로뿐이라며 죽음이 그들을 갈라놓을 때까지 사랑할 것을 다짐했다.

하지만 당시 그의 전 재산은 사과 한 상자 분량의 책밖에 없었다. 그래서 그는 그녀와 살림을 시작하면서 살길은 돈밖에 없다고 여기며 돈을 벌기 위해 그가 조금 알고 있었던 화신백화점 사장을 찾아가 그곳에서 금은방 운영 업무를 시작했다.

그는 북한에서 피난 나와 그때까지 배우며 살아올 수 있었던 것은 사람의 도움이 있었기 때문이라는 것을 알았다. 그래서 그는 인간관계를 중요시하며 일을 하다 보니 장사가 점점 잘 되어 명동에 우리나라 최초의 금은방을 직접 차리게 되었다. 그러면서 과거 대한항공의 조중훈 회장이 자신의 금은방을 이용할 정도로 성공하게 되었지만 돈만 추구하는 자신의 모습에 염증을 느끼고 3년 만에 가게를 정리한 뒤 다른 사업을 하면서 아들과 딸, 아들을 차례로 낳아 잘 키우며 평생 풍요롭고 화목하게 살아왔다.

한편 그의 아내는 천주교를 믿으며 군부대 위문 활동과 적십자에서 시신을 염하는 일 등 각종 봉사 활동을 하면서 특히 성당에서 성가대 활동을 했단다. 그런데 어느 날 성가를 부르던 아내가 갑자기 멍해지면서 쓰러지는 일이 발생했다. 그는 아내를 즉시 병원에 입원시켜 검진을 받게 했더니 그의 아내가 학창 시절 머리를 크게 다쳤던 것이 뇌 질환이 되어 뇌수술을 받아야만 했었다. 그러나 그의 아내는 뇌수술 이후 망각이 심해진 것은 물론 대소변 등도 혼자 처리할 수 없는 중증 치매 환자가 되고 말았다.

그는 아내가 천주교를 믿으며 봉사 활동을 열심히 했음에도 그런 병에 걸렸다는 것이 더 가여워 아내를 직접 집에서 돌봤다. 물론 자신의 사업 때문에 낮엔 밖에서 활동하느라고 대신 요양보호사가 집에 찾아와 돌봐주도록 했다. 그리고 밤이면 아내 곁에서 이런저런 얘기를 들려주다 잠들곤 했다.

그렇게 지내오던 어느 날 아들 가족들이 찾아와 아내와 지내던 중 아내의 치매가 소위 나쁜 치매증세로 나타나는 것을 보았다. 그래서 살펴보니 아들들이 어머니의 현 상태를 안타까워하며 어머니에게 과거를 기억하도록 하자 아내가 힘들어하는 상태에서 그렇게 되었던 것이었다. 그래서 그는 아들들에게 치매를 이해시키며 모든 가족이 그의 아내에 맞추어 현재의 일에 대해서만 대화하도록 당부했다.

그래도 딸과 사위는 아내의 치매증세를 잘 이해해주었기에 딸의 가족과 그들 부부는 한 집에서 잘 살아왔다고 했다. 그러나 그가 넘어져 고관절 수술을 받게 되면서 어쩔 수 없이 아내를 지금부터 5년 전 요양원에 입원시키게 되었단다.

그와 그의 아내는 이 세상에 둘밖에 없다며 서로 아끼고 사랑하면서 자식들도 많이 낳아 잘 키워 모든 가족과 함께 살기를 원했었다. 그러나 그의 아내가 치매에 걸리면서 자식들과도 멀어지게 되었으니 삶이 모두 헛됐을 뿐만 아니라 인생도 허무하다고 느끼면서 오직 아내만을 불쌍히 여기며 그리워한다.

코로나바이러스 발생 이전엔 매일 아내가 있는 인천 작전동의 요양원에 갔었단다. 그때마다 아내가 굴포천에 가자고 하여 아내를 휠체어에 태워 그곳에 도착하면 아내는 갑자기 그곳에 왜 데려왔냐며 화를 내며 온갖 욕을 다 해댔단다.

그는 자기 아내가 그를 처음 만났을 때의 순박한 모습으로 짜증 한번 없이 그와 함께 열심히 살던 시절과 지금의 치매 상태를 비교하니 아내가 너무 불쌍해 가슴이 미어진다고 했다. 그러면서 아내가 그 상태에서 그를 떠난다면 자신이나 아내 모두의 인생이 유종의 미를 거두지 못한 꼴이 될 거라고 했다.

　　그는 평생 술을 입에 대지 않았었는데 요즘은 술을 마시지 않고는 잠들 수 없다고 했다. 아내의 병이 아무리 심해도 아내를 돌보며 아내와 이런저런 얘기하면서 살기를 원했는데 코로나 때문에 요양원에 만나러 갈 수도 없단다. 그래서 밤이면 서재에 홀로 앉아 책을 읽으며 술을 마시다 잠드는 것이 습관이 되었다고 말했다.

자식에게
부담 없어야

　매일 나의 반려견과 함께 계양산에 올라 각종 운동기구가 비치된 체력장에서 운동을 할 때마다 만나는 분이 있다. 그분은 85세의 남성으로 비록 머리카락이 모두 새하얄지라도 큰 키에 정정해 보이는 몸매 그리고 쌍꺼풀 진 큰 눈에 흰색 피부가 꽤 고상한 모습이다.

　아침 9시부터 11시까지 매일 2시간씩 한 달에 10일 동안 쓰레기봉투와 집게를 들고 동료들과 함께 계양산에 올라 쓰레기 수거에 나서는 그분은 계양구청에서 운영하는 시니어센터에서 그 일자리를 얻었다고 한다. 그분은 그 일을 하면서 한 달에 27만 원 정도의 수입을 올리는데 도롯가를 비롯한 다른 지역에서도 일할 수 있지만 건강유지를 위해 일부러 계양산 청소 일을 택했다고 한다. 그러면서 체력센터 주변을 청소하기 위해 지날 때마다 잠시 그곳에서 허리 돌리기와 팔 근육 단련을 위한 몇 가지 운동기구들을 사용하곤 한다.

어느 날 내가 무거운 운동기구를 사용하자 그분은 그것을 보며 나에게 대단하다는 칭찬의 말을 건넸다.

난 그 말을 받으며 그분과 대화를 시작했다.

"아저씨도 젊었을 땐 대단하셨을 것 같습니다."

그러자 그분은 밝은 표정과 함께 말을 이어갔다.

"나도 젊었을 땐 쌀 한 가마니 정도는 들었었지."

경상도 사투리를 쓰는 그분의 힘찬 목소리에서 강한 에너지를 느낄 수 있었다.

"고향이 경상도 같은데 언제부터 인천에서 사셨어요?"

"고향은 부산인데 55살 때부터 인천에서 살았어, 포항에서 제과점을 하다가 마누라 잡으러 올라와서 지금까지 30년 가까이 살고 있지."

의외의 표현에 난 조금 당황하면서도 그분의 일생에 대해 알고 싶어 이것저것 물으며 대화를 계속했다.

그분은 일제강점기 때 부산에서 지금의 백화점처럼 만물 판매 상회를 운영하는 부모님의 네 아들 가운데 둘째로 태어났다고 한다. 그런데 그분의 집이 어느 정도로 잘 살았냐면 일제강점기 때 집에 피아노가 있었으며 두 필의 말도 있었단다.

그러나 그분이 6살 때 그분의 아버지가 대구로 물건을 사러 갔다가 호열병에 전염되어 사망하면서 집안이 풍비박산되었다고 했다. 이후 부모님 형제들의 재산 다툼으로 그분은 할아버지 댁에서 생활하며 초등학교에 들어갔는데 3학년 때 일본으로부터 해방을 맞았고 중학교 1학년 때 한국전쟁이 발발하는 등 우리나라의 아픈 역사를 어린 시절에 모두 체험했다며 조금은 무거운 표정을 지었다.

고 씨라고 성을 밝힌 그분은 학교 교육을 중학교 1학년으로 끝맺고 형제들 모두 스스로 살아가는 길에 들어설 수밖에 없었기에 전쟁 이후 부산 온천장의 어느 온천탕에서 청소를 하며 밥이나 얻어먹었다고 했다. 그러다가 16살 때 군 통역관으로서 그 온천탕 주인의 아이에게 영어를 가르쳐주던 육군 대위의 소개로 이북 사람이 피난 내려와 운영했던 온천장의 유명제과점에서 숙식하며 빵 굽는 일을 배우게 되었다고 했다. 그러나 18살 때 제과점이 쉬는 날 동래로 놀러 갔다가 동래 경찰서에 의해 강제 징집되어 육군에서 부사관으로 7년 동안 군 복무하게 되었단다.

그런데 그것이 오히려 군대에서 출세했다고 할 만큼 큰돈을 만질 수 있는 기회였다고 했다. 그분은 그분에게 일어난 변화를 능동적으로 받아들여 춘천의 보급부대에서 군 복무하면서 돈을 벌어야겠다는 생각으로 돈을 모은 끝에 제대와 동시 그 돈으로 포항에 집을 마련할 수 있을 정도였다고 했다.

그분이 제대 후에 포항에 간 것은 군대에서 알던 사람이 포항에서 오징어잡이 배 선원이 되면 많은 돈을 벌 수 있다고 하면서 특히 이승만 대통령 재임 때 일본의 배들이 우리나라 영해에서 고기잡이를 하자 그 배들을 모두 압류했었는데 그 가운데 철선을 소유한 사람을 소개받으면서였다고 했다. 그래서 그분은 그 배를 타고 오징어잡이에 나서자 실제로 그 배는 다른 배들보다 2배 이상의 어획량을 올렸었단다.

그렇게 5년 동안 열심히 일한 결과 제과점을 차릴 만큼의 돈을 벌어 마침내 포항에 '제일제과'라는 빵집을 열었다고 했다. 전쟁 이후 가족과 뿔뿔이 헤어져 혼자만의 한 끼 배를 채우는 것을 우선으로 여기며 살던 시절에 우연히 만났던 육군 대위의 권유와 소개로 제과점에서 일하면서 배우게 되었던 제과기술.

그 기술을 바탕으로 그분은 변화할 것을 결심했다고 했다. 더욱이 더 매력적이었던 것은 당시에 포항에 제철소가 생기면서 일본인들을 비롯한 전국의 많은 사람들이 포항에 들어오면서 제과점마다 빵의 매출이 늘어나고 있었단다. 그런 가운데 그분의 제과점도 개업하자마자 많은 돈을 벌어들일 수 있었고 그 덕택에 결혼도 하여 4명의 아들을 낳았으며 처제들을 데려와 제과점에서 일하게 하면서 시집도 보내주고 분점도 차려주었다고 했다.

운명처럼 다가왔던 변화였지만 그 변화에 순응하며 긍정적이고 적극적으로 행동했었기에 이룰 수 있었던 부유하고도 안정되었던 행복한 생활. 그런 생활 속에 25년의 세월을 보내며 두 아들이 대학까지 마칠 수 있었던 어느 날이었단다.

그분의 아내가 계모임을 만들겠다고 하기에 기필코 말렸지만 고집을 피워 끝내 시작하고 말았는데 결국 계원들에게 몇 번 돈을 뜯겨 아내와 함께 다른 지방으로 도주했던 계원들을 잡으러 다니기도 했단다. 그런데 불행하게도 그분의 아내마저 계원들의 돈을 모아 도주하는 일이 발생하고 말았단다. 그러면서 도주했던 곳이 바로 오빠가 거주하고 있었던 인천이었단다. 그러는 바람에 그분도 제과점 등 모든 재산을 정리하여 빚을 갚은 뒤 아내를 찾아 인천으로 올라왔다고 했다.

　그때 나이 55살. 인천에서 아는 사람은 처남밖에 없고 가진 돈도 없이 살아갈 길이 막막했었단다. 더구나 셋째와 넷째 아들들을 더 이상 공부시킬 수 없는 것이 보통 괴로운 것이 아니었다고 했다. 그러나 어떻게 해서든 살아야 했기에 다시 배고팠던 어린 시절을 생각하면서 재기하겠다는 각오로 노동과 포장마차 등을 하면서 몸부림쳤으나 자본도 없고 나이도 들어 모든 것이 역부족이었단다. 그러다가 65세 때의 어느 날 지인의 소개로 인천 대우자동차의 청소회사에 입사하면서 과한 욕심을 버리고 회사 일에 만족하며 성실히 일한 결과 어느 정도 생활이 안정될 수 있었다고 했다. 하지만 5년이 지나 일흔 살 나이가 되자 더 이상 그 직장에서 일을 할 수 없게 되어 퇴직했는데 그 이후 또 다른 회사로의 취업은 생각도 못 하고 그저 쉬면서 지방자치단체에서 마련한 각종 노인 일자리를 찾아 일하는 것과 정부에서 주는 노인 기초연금을 받는 것으로 살아가고 있단다. 그러면서 가장 바라는 것은 몸 건강하게 살다가 병 없이 세상과 이별하는 것이라고 했다.

고 씨 아저씨에겐 4명의 아들들이 있다고 했다. 하지만 한 명을 제외하고 모두 어렵게 살고 있어서 도움은 바랄 수도 없는데 그래도 셋째 아들이 빌라를 전세로 얻어주어 그곳에서 살고 있단다. 아내를 찾아 인천에 와서 살아온 지도 어느덧 30년 가까이가 되었는데 한때 원수 같았던 그 아내마저 8년 전에 사망하고 나니 혼자 사는 것이 너무 외롭다고 했다.

고 씨 아저씨는 나와의 대화에 이어 조그만 소리로 중얼거리기 시작했다. 그래서 무엇을 하는지 물었다.

"치매에 걸리지 않으려고 항상 우리말과 일본말로 구구단을 암기하는데 치매에 걸리면 아들에게 짐이 될까 봐 두려워"

'아들'이란 단어를 내세우며 치매를 피하고 싶다는 그분의 말에 가련함이 느껴졌다.

일하는 것이
재미

2021년 새해를 맞고 어느 정도 추위가 물러나자 계양산에서 청소하는 분들이 다시 활동에 나섰다.

그분들 가운데 두 분은 내가 운동하는 체력장 부근에서 활동을 했기 때문에 그곳에서 많은 대화를 나누면서 친해졌었다.

나는 산을 내려가면서 마주 올라오는 그분들을 살펴보았다. 그랬더니 그 가운데 한 분의 모습이 눈에 띄어 반가웠다.

그런데 그분은 지난해의 만남 동안에도 과거에 한국화약에서 근무하며 사람을 해치는 수류탄을 만들었다는 것 이외에는 별로 말을 하지 않으셨던 분이었다. 또한 여러 번 대화를 나눌 때 간혹 그분으로부터 듣고 싶은 내용이 있어 여쭤보았어도 동문서답을 하곤 했었다.

어쨌든 다가오는 그분을 향해 잠시 멈춰 서서 살짝 목례를 하며 인사했다.

"천안 아저씨, 잘 지내셨어요?"

그분의 고향이 천안이라고 했기에 그분을 '천안 아저씨'라고 불렀었다.

하지만 그분은 웃는 표정만 짓고 어떤 말도 하지 않은 채 계속 걸으며 내 곁을 스쳐 갔다.

그래서 나는 그를 향해 몸을 돌리며 다시 여쭸다.

"함께 다니시는 고 씨 아저씨는 어디 계세요?"

그 말에도 그분은 마치 못 들은 것처럼 아무런 대답 없이 가던 길로만 걸어갔다.

나는 그 자리에 서서 멀어지는 그 아저씨의 뒷모습만 바라보고 있었는데 그분과 함께 일하는 다른 한 분이 뒤따라오며 말해 주었다.

"저분 치매에 걸렸었는데 아주 심해진 것 같아요. 그래도 이 일만큼은 하시겠다고 저렇게 열심입니다."

천안 아저씨는 아주 왜소한 체구에 86세의 고령이었지만 함께 다니는 파트너 아저씨보다는 강단이 세 보였었다. 하지만 말귀도 잘 알아듣지 못하고 기억도 못하는 것이 너무도 안타깝게 느껴졌다.

나는 고 씨 아저씨가 어떻게 지내는지 궁금하여 여쭤보려고 다음날 아저씨들이 모이는 야외무대로 직접 찾아가 천안 아저씨를 다시 만났다.

"아저씨, 고 씨 아저씨가 안 보이시는데 무슨 일이 있나요?"

천안 아저씨는 잠시 뭔가를 생각하시는 것 같더니 모른다고만 답하셨다. 아저씨는 기억을 못하시는 것 같았다. 그러자 그런 상황에 나만 어색해지고 말았다. 지난해까지 그렇게 두 분이서만 함께 의지하며 지내셨던 것 같았는데 고 씨 아저씨를 기억하시지 못한다니 참으로 안타까운 일이었다.

그때 옆에 분이 말을 걸어오셨다. 그러면서 우리는 자연스럽게 옆의 벤치로 자리를 옮겨 대화를 이어갔다.

"저분은 이 일밖에 몰라요. 젊어서 30년 동안 한국화약에 근무했다는데 자신이 배우지 못했기에 아들 하나와 딸 다섯을 모두 많이 배우도록 했대요. 그래서 자녀들이 학교 선생님도 되고 공무원도 되었지만 4년 전 부인을 당뇨 합병증으로 잃은 뒤 혼자 살게 되어 너무 서럽다더군요. 하지만 이 일에 재미를 붙여 항상 일찍 나오신답니다."

나는 그분의 말씀을 여기까지 듣고 그 자리를 떠나게 되었다. 일 때문에 오신 어르신들과 만나면서 그분들의 애기를 들어주면 그분들이 좋아하신다는 것을 알고 있지만 더 이상 들을 수 없었다. 그분의 말씀은 마치 어머니가 내게 하시는 말씀 같아 양심에 찔리는 기분이었다.

하지만 어쨌든 그분이 들려준 천안 아저씨의 사연을 듣고 천안 아저씨를 이해할 수 있었으며 어머니에게서 나타나는 현상과 비슷한 점이 치매 환자들에게 있다는 것도 알게 되었다.

어머니는 항상 돈을 벌기 위한 일거리를 찾으셨다. 봄이면 들에 나가 쑥과 민들레를 캐시거나 가을이면 산에서 밤과 도토리를 줍고 가을걷이가 끝난 들판에서 콩 등을 주워 시장의 상인에게 돈을 받고 넘겨주시기를 원하셨다. 그렇지만 그 돈이 얼마인지에 대해서는 크게 신경 쓰지 않으셨다.

그런 것이 어쩌면 대부분의 치매 환자에게 나타나는 현상과 같았다. 그들은 아마 그렇게 뭔가를 해야 살아갈 수 있다는 동물적 본능을 보이는 것 같았고 거기서 재미를 찾는 것이라는 생각이 들었다. 그래서 치매 환자에 대해 걱정하며 격려하여 돌보기만 할 것이 아니라 각자 좋아하는 어떤 것을 할 수 있도록 해주는 것이 환자가 재미를 느끼며 살 수 있는 좋은 방법이라고 판단했다.

천안 아저씨를 만났음에도 고 씨 아저씨에 대한 소식은 알 수 없었고 천안 아저씨의 치매 상태만 확인하는 꼴이 되었다. 하지만 그분을 통해 치매 환자에게도 재미를 느끼며 살 수 있는 일이 있어야 한다는 것을 다시 한번 더 확인할 수 있게 되었다.

취미 활동
제공

"치매에 걸리지 말아야 한다는 생각을 하루에도 열두 번 이상은 한답니다."

계양산 체력장에서 함께 운동하는 전철봉 씨가 치매에 대한 애기 끝에 한 말이다.

그는 올해 81세이지만 나이보다 훨씬 더 젊고 강건한 체력을 가지고 있으며 다양한 분야의 지식과 상식으로 어떤 누구와도 대화를 즐기는 등 정신건강은 훨씬 더 젊고 좋아 보인다.

하지만 그도 나이가 나이인지라 치매라는 것에 대해서는 두려움을 갖지 않을 수 없는가 보다. 그는 세상에서 말해지고 있는 각종 치매 예방법에 따라 철저하게 생활한다고 하지만 혼자 사는 것을 치매와 연결 지을 땐 연약한 모습도 보인다.

그는 독신이기 때문에 치매에 걸릴 경우 어떤 사람으로부터의 도움도 없을 것이라고 한다. 그렇기에 치매와 함께 살아갈 때를 대비하여 사회적 비용을 가지고 있어야 한다는 주장이 강하다. 그렇지만 막상 치매에 걸린 사람의 존재를 볼 때 자신도 똑같은 상황이 될 것 같아 두렵다고 말한다.

그는 북한 황해도에서 태어나 한국전쟁 당시 그의 아버지와 단 둘이서 남쪽으로 내려와 강화도의 어느 집에서 머슴처럼 생활하며 초등학교를 다녔다. 그러던 어느 날 아버지가 행방불명되어 자신도 집을 나와 무작정 인천에 와서 신문 배달 등을 하며 중학교에 다녔다. 그러나 학비가 없어서 결국 중학교를 그만두고 여러 가지 막일을 하다 1961년에 상영되었던 '남태평양'이라는 영화를 보기 위해 '이것만큼은 꼭 보고 죽자'라며 서울의 대한극장으로 향했었는데 그때부터 그의 좌우명은 '하고 싶은 것은 다 하겠다'가 되었다. 그 뒤 1963년에 군에 입대하여 3년간의 복무를 마치고 택시회사에 소속된 택시를 운전하며 생활하는 도중 지인의 중매로 아내를 만나 행복한 가정을 꾸리며 딸도 낳았다.

그런데 교회에 다니던 아내가 갑자기 목회자가 되겠다며 딸과 함께 가출했다. 그래서 그는 택시 운전을 그만두고 문방구를 운영하기 위해 인천 부평의 어느 초등학교 정문 옆으로 혼자 이사했다. 그는 그때 자신이 살아온 삶을 되돌아보면서 써놓은 시가 있었다며 그 시를 소개했다.

짐(이사 가면서)

살아있다는 것을 증명하고
삶을 소유한다는 것을 보기 위해
구차하고 어지러운 짐을 싸서
이고 지며 이사를 간다.
언젠가는 없어져 버리고 말 그 짐을
소유의 끈으로 묶어 이사를 간다.

언젠가는 간직함도 끝난다는
사실을 알면서도
간직하는 것이라는 보유의 사실로
세월 가면 없어지고 사라질 그 짐을
아직은 살아있기에
짐을 꾸려 이사를 떠난다.

없어지고 부서지고 사라질 짐이지만
아직은 살아있기에
들고 이고 끌면서 이사를 간다.
만나면 헤어지고 헤어지면 잊어버릴
만남의 사연이나 소유의 짐과도
언젠가는 헤어진다.
이사 가는 날 짐을 꾸린다.

— 전철봉

그는 그러면서 그곳에서 13년 동안 문방구를 운영했는데 어느 날 인생이 먹고 살기 위한 몸부림으로만 보내진다는 것을 공허하게 느꼈다. 그래서 앞으로는 '하고 싶은 것은 다 해본 뒤 죽겠다'라는 것을 삶의 목표로 삼고 세계여행을 시작했다. 그리하여 코로나바이러스가 생기기 바로 전까지 우리나라 전역을 여행한 것은 물론 아프리카를 제외한 5개 대륙을 모두 여행하면서 국사와 세계사를 현장에서 직접 체험하며 익혔다.

그는 자기 뜻을 이루며 살아온 것이 좋았다. 그렇지만 어느 순간 자신이 나이 들어간다는 것을 인지하게 되면서 건강에 대해 염려하지 않을 수 없었다. 그래서 계양산 등반을 생활화하고 있는데 계양산에서 보디빌딩과 둘레길 트래킹을 격일로 번갈아 해온 지 어느덧 20년이 지났다.

코로나바이러스 발생 이후 그의 일과는 계양산에서 운동하는 것과 독서 그리고 그에게 무료로 배달되어오는 신문을 빠짐없이 읽는 것이다. 그런데 최근 들어 신문에 치매에 대한 내용이 많이 게재되면서 그것이 남 얘기하는 것 같지 않아 치매에 대한 경각심을 갖게 되었다.

나는 그와 함께 운동하면서 그를 통해 많은 것을 깨닫고 있다. 그가 세상을 여행하며 들려준 경험담은 나의 간접경험이 되어 생활의 지혜가 되고 있다. 그는 또한 나에게 신문의 기사 내용을 전해주는 게이트키퍼와 같은 역할을 하고 있는데 그가 오려와 전해준 내용으로부터 영감을 얻어 '나는 인내심 강한 영어 선생님입니다'라는 책을 내기도 했다.

그리고 그와 함께 나의 어머니 치매에 대한 각종 정보를 나누는 가운데 그가 실행하고 있다는 치매 정보는 오히려 나 자신이 치매를 예방하기 위한 좋은 방법이 되고 있다.

그는 치매를 예방하기 위해 취침 전에 단전호흡을 한다.

왜냐하면 하루 종일 생활하며 보고 들은 내용으로 인해 뇌에 많은 것들이 담기는데 어떤 불쾌한 내용은 뇌에 스트레스를 주어 활성산소를 만들어낸다고 한다. 그런데 뇌가 활성산소에 의해 손상을 입으면 치매에 걸릴 가능성이 높아 활성산소를 제거하기 위해 취침 전에 단전호흡을 한다.

방법은 잠자리에 앉아 배꼽 아래 단전에 힘을 주고 5초 동안 천천히 숨을 들이쉰 뒤 5초 동안 정지하며 5초 동안 천천히 내쉬는 것을 반복한다. 그렇게 하다 보면 하품이 나오는데 그 하품을 통해 머릿속에 있던 활성산소 같은 것이 배출되게 되어 머리가 맑아져 잠도 잘 오며 나쁜 꿈도 꾸지 않고 숙면도 취하게 된단다.

그는 그런 식으로 하루하루를 건강하게 보내기 위해 계양산에서의 운동으로 아침을 열고 단전호흡으로 하루를 마감한다고 한다. 그러다 보니 결국 하루 대부분의 시간이 치매 예방을 위해 사는 꼴이 되어 삶이 점점 무겁게 느껴진다고 말한다. 그래서 그는 하루하루의 변화와 재미를 느낄 수 있는 취미 생활을 통한 사회적 활동도 하고 싶단다.

사회적
인식 제고

치매 환자와 그 가족이 겪는 어려움이 사회적 문제로까지 파급되고 있으나 근본 원인이 개인과 가정의 경제적인 면과 연관되어있어서 해결이 그리 쉽지 않다.

치매 환자와 가족의 극단적 선택이 늘어난다는데 그 원인으로 우선 간병 비용의 부담을 들고 있다. 가족들은 치매 환자에 대한 간병 비용을 마련할 수 없게 되자 직접 간병에 나선다. 그로 인해 수면 부족과 우울증 등 각종 정신적 부담을 겪으며 사회 활동도 제대로 할 수 없는 상황이 되었기 때문이라고 한다.

다음으로 치매 환자는 자신의 병을 인정하지 않기 때문에 사회적 시설 등에서의 보호를 꺼린다고 한다. 그러면서 자신이 생각하거나 좋아하는 일에 대한 집착이 강하고 고집이 세기 때문에 그것을 못하게 하거나 막을 경우 치매 증상이 나타나면서 환자가 자신도 모르게 폭력적 언행을 한단다. 그로 인해 모든 가족 구성원들이 긴장하며 지낼 수밖에 없는 등 또 다른 2차 문제가 발생할 수 있기에 치매 환자의 돌봄이 환자 가족을 넘어 사회 구성원 모두가 인지하는 국가적 관리체계로 형성돼야 한다고 말한다.

치매 환자의 증상 가운데 집념에 대한 실례로 세간에 치매 할머니로 알려졌던 두 가지 내용을 소개한다.

치매 할머니가 빨간색 승용차 손잡이에 용돈 끼워둔 사연

자신의 집 부근에 빨간색 승용차가 주차될 때마다 용돈과 간식거리를 차량의 문손잡이에 끼워둔 치매 할머니가 있었다.

경남 통영경찰서 광도지구대는 누군가가 자신의 승용차 손잡이에 5만 원 권 지폐와 먹을거리를 끼워두고 갔다는 신고를 받았다.

신고자가 명정동 서피랑 마을 인근에 주차할 때마다 이런 일이 반복적으로 일어났다고 했는데 자신의 차량을 그곳에 주차했다가 일을 마치고 돌아오면 꼬깃꼬깃 접은 5만 원짜리 지폐와 비닐봉지로 싼 과자와 떡이 손잡이에 끼워져 있더라는 것이었다.

그리하여 경찰이 근처 폐쇄회로(CC)TV를 확인해보니 이 마을에 혼자 사는 86세 할머니가 한 일이었다고 했다.

치매에 걸린 그 할머니는 자신의 집 부근에 아들의 승용차와 같은 빨간색의 승용차가 주차해있을 때마다 아들의 차로 알고 용돈과 군것질거리를 두었다고 했다.

그 할머니는 과거 어려운 형편이었을 때 아들에게 공부를 시키지 못했던 것이 미안해서 모아둔 돈과 간식을 그곳에 끼워둔 것이라고 했는데 할머니의 아들에게 연락해보니 자신도 몇 년 전까지 그 집 근처에 살았으나 그 당시에는 타지에서 거주한다고 했단다.

치매에 걸렸어도 아들의 빨간색 승용차 색만큼은 똑똑히 기억하며 빨간색 승용차가 보일 때마다 쌈짓돈을 꺼내왔던 그 할머니가 5차례에 걸쳐 두고 갔던 돈은 21만 원으로 신고자는 그 돈을 모두 할머니에게 돌려주었다고 했다.

길 잃은 치매 할머니의 보따리 물건

치매에 걸려 6시간이나 길을 잃고 헤매면서도 딸에게 줄 '출산 보따리'를 움켜쥐었던 한 할머니의 사연이 부산경찰청 공식 페이스북을 통해 알려졌다.

부산 서부 아미파출소 경찰은 할머니 한 분이 보따리 두 개를 들고 동네를 서성인다는 신고를 받고 출동했다.

할머니는 경찰관들의 질문에도 "딸이 아기를 낳고 병원에 있다"라는 말만 반복할 뿐 자신의 이름조차 기억하지 못했다. 치매를 앓고 있던 할머니는 보따리만 껴안고 하염없이 울었다고 경찰은 전했다.

경찰은 당시 슬리퍼를 신고 있었던 할머니 차림새로 미루어 인근 동네 주민일 것으로 판단하고 할머니를 아는 주민을 찾아 나섰다. 그리하여 할머니를 아는 이웃을 만나게 되었고 경찰은 할머니를 딸이 입원한 병원으로 안내해 신고가 접수된 지 6시간 만에 모녀는 상봉할 수 있었다.

침대에 누워있는 딸을 본 할머니는 곧바로 들고 온 보따리를 풀면서 "어여 무라(어서 먹어)"라는 말을 했다. 할머니가 길을 잃고 헤매면서도 놓치지 않았던 보따리 안에는 미역국과 나물 반찬, 흰밥, 이불 등 출산한 딸을 위해 준비한 물품들이었다.

온전치 못한 정신에도 자신을 위해 준비하고 고생한 엄마를 생각한 딸은 그 자리에서 소리 내어 울었으며 같은 병실에 있던 사람들도 모두 눈물을 훔쳤다.

경찰은 이 사연을 '치매를 앓는 엄마가 놓지 않았던 기억 하나'라는 제목으로 공식 페이스북에 소개했다.

소식이 알려지면서 네티즌들은 "정신이 온전치 못한 노인에게도 자식 걱정하는 어미의 본능은 남아있습니다" "엄마에게 효도를 다짐해야" "세상에서 엄마가 못 하는 일은 없다" 등의 댓글을 달았다.

모두
요양보호사

"아줌마~"

"아줌마라니? 아줌마, 노, 요양보호사"

어느 날 갑자기 텔레비전에서 튀어나온 광고를 보고 깜짝 놀랐지만 랩으로 전해주는 가사와 리듬이 신선한 충격과 함께 너무 좋았다.

그 광고는 보건복지부와 국민건강보험에서 제작한 공익영상으로 "요양보호사를 개인 가정부나 파출부 대하듯 하는 분들이 많아 요양보호자에 대한 호칭이나 서비스 전반에 대한 인식개선의 필요성을 느끼게 되어 영상을 제작하게 됐다"라고 한다.

나도 그 공익광고가 나오기 이전부터 사람들이 요양보호사에 대한 인식을 올바르게 가져야 한다는 생각을 했었다. 아버지가 병원에서 요양을 받으시다 돌아가셨는데 그 당시 간병인이나 요양보호사가 하는 일에 대해 사람들이 무시하는 것을 보고 그렇게 느꼈던 것이었다.

그런데 사실, 요양보호사가 하는 일은 원래 우리가 모두 해야만 하는 일이다. 우리가 우리 자신의 할아버지와 할머니, 아버지, 어머니 심지어 자녀들이나 친인척이 아플 때 곁에서 정성을 다해 하는 일인 것이다. 그런데 그것이 어떤 이유로 다른 사람의 손에 의해 이루어지고 있다. 물론 그 일을 시키기 위해서 돈의 힘이 작용하기도 했는데 그러다 보니 돈을 지급하는 입장에서 그 일을 하는 사람의 인권을 무시하는 등 바람직하지 않은 일들이 따라붙기도 했다.

나의 아버지가 병원이나 요양병원 그리고 요양원에 계셨을 때 나의 어머니도 좀 그랬었다. 평상시에는 요양보호사에게 그렇게 잘 해주셨는데 치매증세만 나타나면 "내 돈 받고 일하는 주제에 왜 시키는 대로 하지 않냐"라며 화를 내셨다. 그러면서 끝내 아버지를 집으로 옮겨서 직접 간병하셨다.

그 당시 환자인 아버지와 간병을 하는 어머니를 위해 국민건강보험공단을 통해 환자용 전동침대와 에어매트를 임대하기까지 했다. 그러나 어머니는 3일도 되지 않아 못하시겠다고 하여 아버지를 다시 공동생활가정으로 옮겼었다. 그리고 나도 또한 아버지의 대소변을 받거나 목욕을 시켜드린 적이 있었기에 환자를 돌보는 사람의 어려움을 어느 정도는 알고 있다.

환자를 돌보는 일은 정말로 힘이 든다. 오죽하면 '긴병에 효자 없다'라는 말이 있고 '치매 걸린 부모를 자식이 집에서 모시다가 힘든 나머지 함께 죽음을 택했다'라는 뉴스도 있었을까.

부모가 환자가 되면 자식이 요양보호사가 되어야 하는데 그렇게 할 수 없으니까 남의 손을 빌린다. 그러면서 요양보호사에게 '자식과 같은 마음으로 자신의 부모님을 잘 돌봐주세요'라며 요청한다. 그런 자식의 마음이란 과연 무엇이기에?

'요양보호사', 절대적으로 필요하고 인정받아야 할 직업이다.

"국가 자격 취득한 전문가!

돌봄 필요해? 싹 다 케어 해!

식사, 약 챙겨드리고 병원도 같이 가는, 요!

마스터, 요양보호사~"

요양보호사에게는 인생의 경륜이 담겨있고 선과 자비와 사랑이 함께한다.

모든 사람이 더불어 살아가는 세상에서 너와 나는 서로를 위한 요양보호사다.

치매 인식
캠페인

　치매에 걸리면 망각이 심해지고 인지와 판단력이 약해져 혼자 생활하기가 어렵다. 또한 다른 사람들이 누군가가 치매 환자라고 알게 되면 그들은 그 사람을 정상인으로 대해 주지 않는다. 바로 그런 것들이 치매에 대한 현실적 인식이다.

　그래서 가족들은 환자를 보호하기 위해 시설에서 생활하게 하는 것이 가장 좋은 방법이라고 생각한다. 또한 일반인들이 치매 환자가 밖에 다니는 것을 보면 놀라는 것은 물론 환자 가족이 잘못하는 것이라고 지적하기도 한다. 물론 그들이 그렇게 하는 것은 인지와 판단력이 없는 환자에게 무슨 일이 일어날까 봐 걱정스러워 그러는 것이라고 이해할 수 있다.

　하지만 그런 인식은 너무 지나치다. 신체 활동이 어렵고 생리적 현상을 통제하지 못하는 중증환자의 경우라면 당연히 가정이나 시설에서 보호자의 보호 아래 지내야겠지만 신체 활동이 가능한 경증환자의 경우라면 자기 뜻대로 일반적인 생활이 가능하도록 사회적 도움만 있으면 될 것 같다.

그런 인식을 갖는 것이 치매 환자와 가족 그리고 사회적으로도 더 좋은 결과를 가져온다고 이미 네덜란드를 비롯한 여러 국가들이 그렇게 시행하고 있으며 시민들의 인식도 그만큼 향상되어있다.

유럽의 프랑스와 독일, 스위스, 스웨덴, 벨기에, 네덜란드와 같은 나라에서는 경증 치매 환자들이 가정에서 가족과 함께 보내면서 약물치료보다는 인지훈련과 운동, 영양, 혈압 등의 관리에 주력했더니 치매 발병이 줄어들었으며 일반적인 생활에도 문제가 없었다고 말한다.

난 그런 인식이 우리 사회에 자리 잡기를 바란다. 그것을 위해 치매에 대한 생활 캠페인을 하는 모임을 갖고 싶다. 그런 활동을 하면 치매와 환자들에 대한 사회적 인식이 개선되게 할 수 있을 것이다. 그런데 더 효과적인 결과를 이루기 위해서라면 정부에서 직접 나선다면 더 좋을 것 같다. 정부에서 경증 치매 환자들을 대상으로 마치 학교에서처럼 재미있는 인지훈련을 시키며 즐겁게 생활할 수 있는 프로그램을 마련하여 관리한다면 치매에 대한 사회적 인식도 달라지고 치매 환자나 가족 모두가 안심하며 사는 사회가 될 것이다.

치매란 누구라도 걸릴 수 있으며 또한 누구라도 걸리지 않을 것이라고 장담할 수도 없는 뇌 질환이다. 그렇기 때문에 치매에 걸릴 것에 대비할 수 있도록 해주는 치매 보험이 등장하여 TV를 통한 광고가 쉼 없이 나오고 있다. 또한 치매에 걸렸을 경우 재산관리가 여의치 못할 것에 대비하는 신탁회사 광고도 등장했고 점점 많은 사람들이 그런 상품들에 가입하고 있다.

하지만 치매 보험의 계약 내용을 살펴보면 치매 환자가 시설을 이용할 경우의 간병비와 생활자금이라든지 환자의 가족들이 불편하지 않게 살아갈 수 있도록 하는 것에만 맞춰져 있지 치매 환자가 보통 사람들처럼 재미를 느끼며 살아갈 수 있도록 편의를 제공해주는 방식의 내용은 부족한 것 같다.

그래서 본인이 위에서 지적했듯이 보험회사에서 만일 정부에서 경증 치매 환자들을 위해 마련해주기를 바라는 프로그램에 관한 상품을 개발하여 판매한다면 치매 환자와 가족 그리고 보험회사 자신을 위해서도 더 좋을 것 같다.

우리나라 치매 환자 수가 85만 명이라고 한다. 거기에다 치매 환자 가족의 수는 315만 명이다. 그러므로 우리나라 5천만 명의 인구 가운데 약 8%인 4백만 명이 치매 때문에 걱정과 불안 속에 살고 있다는 얘기다.

이미 사회적 문제가 된 치매를 위한 정책을 정부가 펼치고 있지만 치매 환자가 삶의 재미를 느끼거나 그 가족들이 안심하며 살 수 있도록 해주는 정책은 아직 뒤따르지 못하고 있다.

치매 환자를 격리하여 보호하는 것만이 능사는 아니다. 치매 환자도 사람답게 살 권리가 있다. 망각된 과거와 예측 불가의 미래와 상관없이 오직 지금만을 사는 그들에게 지금의 재미를 안겨주어야 한다. 정부가 경중 치매 환자들을 위해 급식과 취미 활동을 제공하는 학교를 운영하는 것은 어떨까?

그렇게 되면 치매 가족의 불안과 얽매임 그리고 경제적 부담도 줄어들 것이다. 그리고 치매로부터 자유로울 수 없는 어떤 누구도 해당이 되는 제도가 될 것이다.

성낙영

인천 출신으로 동국대학교와 중앙대학교 신문방송대학원 그리고 싱가포르국립대학교에서 공부했다. 방송사 프로듀서를 했었으며 인천에서 19년째 영어를 가르치고 있다. 저서로는 ≪나는 인내심 강한 영어 선생님입니다≫(2020), ≪이러려고 중국어 배웠다≫(2019), ≪될 일은 된다≫(2019), ≪소중한 그대와 나누고픈 이야기≫(2017), ≪달빛 품은 백일홍≫, ≪도전을 위한 서곡≫(2016) 등이 있다.

초판인쇄   2021년 6월 11일
초판발행   2021년 6월 11일

지은이   성낙영
펴낸이   채종준
펴낸곳   한국학술정보㈜
주소   경기도 파주시 회동길 230(문발동)
전화   031) 908-3181(대표)
팩스   031) 908-3189
홈페이지   http://ebook.kstudy.com
전자우편   출판사업부   publish@kstudy.com
등록   제일산-115호(2000. 6. 19)

ISBN   979-11-6603-440-4 03810